U0916223

校园正义者联盟

江苏凤凰文艺出版社
JIANGSU PHOENIX LITERATURE AND ART PUBLISHING, LTD

目 录

第一章 预告

第二章　追求

第三章　魔法师

第一章 预告

始动

清晨，天色阴郁，铁灰色的天空郁积着浓重的乌云，呼吸之间潮湿的空气顺着鼻腔钻入肺中，暴雨将至。

马路边，一名看着中学生模样的少年正背着书包，低头看着自己手中拿着的三张相片，站在十字路口等着红绿灯。

他全神贯注地注视着手中的这三张相片，眉头紧锁。这三张相片是用数码相机拍摄，然后专门打印出来的高清晰相片，照的是三幅油画，看得出来，这拍照的人是想将这油画中的每一处细节都摄入相片之中。有意思的是这三幅油画却根本不是什么世界名画，连说它们有一丝欣赏价值都欠奉。这三幅油画分别用不同的纯色做底色，统一用白色线条在底色上勾勒出了一个人的模样，这就是一个油画初学者画的几幅人像——粗糙简单——简单到任谁看一眼都能画出来的程度。

少年盯着这三幅简单得不能再简单的油画看了很久，都忘了自己正站在人流如织的十字路口等着红绿灯。一直到他的右肩被人撞了一下，整个人向前踉跄了一步，这才从沉思到失神的状态中回过神来。他连忙抬头看了一眼交通信号灯，发现绿灯已经开始闪烁。他将照片收了起来，飞快地沿着人行横道跑到了马路的对面，他本想掏出照片继续观察，可是手伸进口袋之后又似乎想到了些什么，放弃了这个举动。他顺着街边又步行几分钟之后，在一所学校门口站定，掏出手机，低头再一次确认刚才收到的信息。

他希望是那人发错了，又或是自己看错了，可是屏幕上显示的字符明确地告诉他，他的眼神并没有出问题。看来这信息是确实无误了。少年两条眉毛几乎拧在了一起，抬头望着颇有些壮观的学校大门，看着“市一中”几个大字轻叹了一口气。

少年的身旁不断走过背着书包的学生，那些学生中有一些人认出了他，纷纷侧着头与身旁的同伴耳语着，视线更是肆无忌惮地落在少年的身上，眼眸浅层流转着轻蔑与嘲弄，眼神深处更是充斥着一种名为幸灾乐祸的兴奋情绪。

“这次他学生会副会长的位置应该是保不住了吧。”

“我猜也是，这次的事件挺棘手的，不管搁在谁身上都很难办。”

“你说他会不会是替某些人背了黑锅啊？”

“自己能力不行，背什么黑锅？”

种种流言与蜚语顺着空气进入了少年的耳膜，他眉毛微皱，脑海中不禁浮现出最近发生的怪事。

就在不久之前，一名叫陈远的学生在上体育课时，在二十分钟之内连续摔了四跤，这四下并不是他在打球或是剧烈运动时摔的，而是在橡胶跑道上慢慢散步时摔的。本来这种事最多也就是在陈远以及他的好友之间当作谈资，最多互相笑话一周，这种事情也就渐渐被人遗忘了。可令人感到奇怪的是，就在这起事件发生后不久，又接二连三地发生了多起像这样的事情，事情本身不大，但极为巧合。

在这一系列事件的发酵之下，学校里渐渐传出了一些不好的舆论风向。

身为学生会副会长的他，自然对学校里的这些事情十分了解，可是在了解之余，他却没有办法解决。只能眼睁睁地看着一场极有可能席卷整所学校的风暴，慢慢壮大。

闭眼摇了摇头，少年将脑海中的杂念甩了个干净，无视了这些流言与眼神，挺直脊背，脚步坚定地跨过学校大门，在穿过一条两百米长的林荫道之后，走到了教学楼前。

教学楼是苏式建筑，低矮又方正，中间的主楼稍高一些，整个建筑群充满了秩序感，站在教学楼前，让人觉得吸进鼻孔的空气都是棱角分明的。看着面前的教学楼，充斥在鼻腔里教学楼特有的书卷气息，伴随着天气原因带来的低压，让少年的胸膛一阵气闷。闭眼沉吟了片刻，像是在一个难以抉择的选项中做出了决定一般，步履慨然地走进了教学楼。顺着楼梯走上二楼，在长得令人心烦的走廊的中段，那个他最不想见到的东西果然在那里。

那是一幅以紫色为底，用白色勾勒出人像的，经过装裱的木框油画。

少年走了过去，发现油画前有一个学生拿着相机，正在对着油画拍照。待他拍完照之后，站在一旁的另一人走上前去拿起了这幅摆在地上的油画，两人正准备离开。就在他俩转身的时候，却发现了一个眉眼俊秀的少年站在他俩身后。少年的脸他们几乎天天都能见到，而这般严肃的表情，在油画事件出现之后，更是经常挂在他的脸上。

其中一人顿时一愣，脸上带着疑惑，问道："阳平副会长，你怎么来了？"

这也不由得他不疑惑，自从这起油画事件在学校闹出大风波之后，调查清楚这起案子的重任便落在了阳平身上。他每天安排了两名学生会成员早到学校，对可能在学校任何地方出现的油画进行收缴保管，以方便今后的调查。

在以此为前提的基础下，那人的脑子开始活动了起来。这幅油画是今天早上才出现的，由一早便被安排在今天值班的自己，跟另一个人处理这件事情，他们俩几乎是在接到这个消息的第一时间就赶到了现场，根本没有任何时间汇报情况。而这个位置，也不是阳平去上课的必经之路，换言之，阳平现在站在这幅油画面前，很明显是提前得到了消息。

阳平目光沉静，眼下是他自当上学生会副会长以来最艰难的时候，外部压力不止，学生会内部也是党派林立，说不定眼前这两个人就是某一支希望他将这件事情搞砸，然后自己取而代之的某人的跟班。他不能够在其他人面前露出慌乱的样子，现在的他更像是精通权术的大臣，喜怒不行于色，任谁来看都是一副稳如山岳的样子。只是他身形略显修长，唇眉充斥着少年应有的活力，溢彩的双眸更是难掩其朝气。稳重作风放在他的身上，实在是有些矛盾。

面对提问，阳平并没有回答，他径直走向了油画，眼神中带着审视。拿油画那人见状将油画半举了起来，方便阳平观看，阳平扫了一眼后开口说道："你们是第一时间赶到这里来的吗？"两人点了点头，从鼻腔中发出了一声"嗯"。

阳平点头表示自己知道了，这两个人在这件事情上没有撒谎的必要，因此这个信息应当是可信的。他转头看向四周，路过的学生除了稍微将视线投向他们这边之外，没有任何想要过来一探究竟的意思，没有围观现象本是好事，可是他反而却忧心忡忡，他担忧的不是没人来围观，而是另外一件事。

"清晨没发生什么围观之类的事情？"

"怎么会呢。"其中一名学生会成员咧嘴笑了笑，"学习任务这么重，再说了，大家现在都知道，除了3班的人之外谁都不会遇袭，哪里还有心情关心这种事情。"他有些不理解阳平为什么会问出这么浅显的问题。

"会不会真的是3班风水不好，招来恶鬼啊？"另一名学生会成员压低了声音，用仅限于三人听见的声音低声道。

阳平沉默不语，眉毛微动。这是他第一次听到有人在他的耳边提起恶鬼这种说法，说话的不是别人，而是学生会里的人，这让他不由得开始思考起这起事件的严重性。解决案子是其次，安抚人心才是头等大事。事件可以慢慢思考，但是一旦由个人事件演变为群体事件，那就麻烦了，而这起事件，最麻烦的地方莫过于此。事发已经一周了，他们学生会不仅连嫌疑人都没有锁定，甚至连作案手法都是一个谜，私下里的鬼神之说甚嚣尘上。学生单纯又执拗，除了学习之外，更是少有什么其他的娱乐方式，一旦有了机会，他们那无处安放的想象力便会如蒲公英一般肆意放飞，咬住一个方向不放手。要是这句话是从其他学生口中听到的也就算了，但现在却是从学生会成员的口中说出，这就让阳平不得不重新评估这起事件的严重性了。

阳平摸着下巴，细细琢磨了片刻。不管这两个人是出于何种目的，道听途说也好，有人授意也好，他必须制止这股邪气在学生会中蔓延。开口正想呵斥两人时，他听到了一阵急促的脚步声。

阳平强行绷住的如古井般的面容泛起了一丝涟漪，教学楼里是不允许奔跑的，这是《学生行为规范守则》第十二条中记录的。眼前的事情还没有解决，另一起公然违反规章的事件就发生在眼前，这本是一件小事，可是他的心情却因为这件小事顿时变得烦躁了起来，连呼吸都不自觉地加重了几分。那名奔跑的学生恰巧就在此时出现在了阳平的面前，看样子是准备往楼下跑去，阳平愤怒地上去阻止那名学生，他需要发泄，可是那学生却在看到阳平的一瞬间掉转脚步，朝他跑来。

“副会长……”那人双手撑膝，停在了阳平面前，不停地喘着粗气，说话断断续续的，从称呼来看他应该也是学生会的。正想要开口斥责这名学生，可是接下来他听到的话让他立马便忘了这个念头。

“3班……3班有情况。”

阳平呼吸为之一窒，本就阴沉的脸色完全黑了下来。3班是他最担心的一个班级，这次的事件很明显就是冲着3班的学生而来的，所以他也在3班下了许多工夫，安抚众人的情绪。尽管做了这么多的事情，他最担心的事情还是发生了。没顾得上询问具体的情况，他连忙大步流星地向3班赶去。留在原地的三人面面相觑，也跟了上去。还没到3班门口，他就看到3班教室的外面已经围了一圈又一圈的学生，嘈杂的声响整栋楼都听得见。

“大家安静点，麻烦让一让。”

阳平拨开人群，想要进入3班教室。堵在门口的学生不满身后之人的推搡，骂骂咧咧地转头，一看居然是学生会副会长，立马住嘴，纷纷让开道路。学生们听话得让人生疑，阳平作为学生会副会长，需要经常跟学生们打交道，一个学生，跟一群学生，可是完全不同的两个概念。眼下大家这么配合，让阳平下意识地觉得不对。他一路前进，一路注意观察周围学生们的表情：兴奋、期待，这是这一群学生们的脸上带着的最多的两种表情，阳平暗叫一声不好。

“我们要申请暂停授课，在这样担惊受怕的条件下，怎么可能学得进东西。”刚走进3班教室，阳平就听到了有人在高声叫嚷着，声线中带着三分嘶哑，听起来令人不悦。他顺着声源的位置看去，发现一个男生正站在教室的前面，身高不高，体型有些消瘦，看上去很普通，唯一让他有些在意的是男生那双狡黠的双眼，像极了蛇的三角眼，那不时舔着嘴唇的舌头，就像毒蛇在吐信，让人不自觉地渗出一丝冷汗。

窗外此时闪过一道强光，一阵轰隆的雷声随之袭来，淅淅沥沥的雨声开始钻入阳平的耳朵。他眼睛微眯，扫过了那男生身后，并没有发表任何意见，但是却都站了起来，默默支持他的3班学生们，而3班这节早读课的李老师是刚来不久的新老师，从没见过这种阵势，他早就被统一了意识的学生们逼到讲台上，手足无措，不知道该如何是好。

阳平知道此时该自己出面了，要是放任局势发展下去，一定会造成不可挽回的群体事件。只见他大跨了一步，从人群中站了出来，伸手一指那男生，面带厉色，大声斥责道：“你这是想要干什么，造反吗？”阳平将话语的矛头只对准了那名男生一个人，他知道整个3班跟那名男生的意见是一致的，可是他不能一下子就将自己放到整个3班的对立面，只针对男生一个人，也是有着自己的考量。

屋外的雨声渐渐变得大了起来，教室内瞬间陷入了诡异的安静。

那学生看到阳平先是下意识地后退了一步，似乎是想到了什么，往前一踏，眼神对上了阳平，毫不退缩，“造反？自从出现这幅油画以来，我们3班已经有3名同学发生不断摔倒的情况了，大家人心惶惶，你们学生会不仅不想着解决这件事，反而一拖再拖。学生会平时对我们要求那么多，我们都做到了，怎么要求学生会做点事情就这么困难呢？现在第四幅油画出现了，你是想让我们之中的谁再去连续摔倒几次啊？”

男生一说完，3班又开始吵闹了起来。阳平心中一凛，果然是这件事。那男生口中所说的油画，是学校最近发生的另外一件事情。每隔几日的清晨，在教学楼会发现随意摆放在走廊的油画，油画极为简单，就是一幅粗糙的人像画。要单是出现油画，并没有什么奇怪的地方，但奇就奇在，油画出现后的一段时间内，就一定会有人发生连续摔倒的情况，并且这个人，跟油画上所画的人极为相似。到目前为止已经出现了三幅油画，三个人连续摔倒。而更令人难以理解的，便是这三个人，竟然全都是高二3班的人。今天早晨出现了第四幅油画，也就意味着会有第四个人步上那三人的后尘。摔倒本不是一件大事，但还是会让人腰疼一段时间，更别说连续摔倒了。也难怪他们会如此地害怕，稍加煽动就群情激奋。

阳平一开始接到这起案子的时候，本以为就是一起简单的事件，可是越接触，他就越觉得心惊。受害者之间除了同是3班同学之外毫无联系，他们各自也都没有什么仇人，从动机上完全找不到任何线索；而在翻看了学校的监控录像之后，阳平的脊背甚至渗出了细汗，一丝凉意直冲脑门，一种名为“恐惧”的情绪如座大山般盘桓在脑海，挥之不去。一切的一切似乎都印证了大家私底下传的——这就是学校里的妖怪作祟。

“就是，你们学生会对这件事的解释根本就不能服众！”在3班的学生群中有一人站了出来，情绪激动地对着阳平吐着唾沫，“你们学生会说这是偶然，可是会有人在一天之内，发生连续摔倒4次这么偶然的事情吗？”

说话的这个人阳平记得，他是油画事件中第二幅油画所预言的那个人，也是第二名受害者。同样跟他一起站出来的，还有另外两名遭到恶作剧戏弄的人，三人一起声讨着学生会的不作为。在他们三人身后，则是几十名满怀疑惑与恐慌的3班学生。3班学生有这样的反应也是他意料之中的事情，到目前为止，油画所预言的人都是3班的学生，有些恐慌情绪也是正常的平复这股恐慌情绪也正是学生会的工作。阳平食指跟拇指缓缓搓动着，思考着对策，“你们要相信学生会，我们一定会解决这起案件的。”

这起案子不管能不能解决，首先不能让这群人闹起来，要是局势乱了，他就一定会被辞掉副会长的职位，这是他无论如何都不愿意接受的，他有着必须要待在这个位置上的理由。

阳平打着官腔，熟练地做下许诺，想先拖一拖，之后再想办法，但是那领头的男生却丝毫不领情，直接嗤笑道：“一定？谁信呐。”

阳平看着那领头的男生，脑海中搜索着这个男生的情报，可是大脑明确地反馈给他，他根本就不认识这个男生。这个男生跟学生会没有任何过节，说明他此时的行为跟学生会没有任何关系，煽动学生集体情绪，肯定有他的目的。阳平眼神闪动，这起已经足够复杂的油画事件背后，似乎还藏着更深的东西。是跟这起案子有关，还是跟学生会有关呢？

“就是，谁信啊。”

“你们学生会哪有能力解决这起案子。”

“叫校领导出来，我们要暂停授课。”

有了领头者，3班学生便开始自顾自地叫嚷起来，各种过分的要求此起彼伏。阳平面若寒霜，他就像一块石头放进了3班这口沸腾的大锅中，任凭周围如何喧闹，自己仍保持沉静。可是这般沉静，对于已经陷入到狂热情绪中的3班起不到任何引导作用，3班这辆失速的列车，已经到了再提速一点就将完全失去控制的程度。他整个人完全沉入了自己的思考当中，想要想出一个解决这个棘手问题的办法。

不多时，沸反盈天的声浪中突然多了一道平淡的声音，“大家安静一下。”没有人注意到这道声音的来源，阳平仍自顾自地说着，阳平就在此时伸出了自己的右手，将一根手指举在自己的面前，注意到他动作的人群声音渐渐小了下来。“一周，如果一周我还解决不了这件案子的话，我就辞去学生会副会长的职务。要是你们不愿意的话，我就申请让家长委员会介入这件事。”

家长委员会是学校里一个联系学校与家长之间的组织，由家长代表担任，平日里一般没有什么事情是需要家长委员会对家长进行通知的，但是一旦有需要用到家长委员会的地方，那这件事就一定是大事。

这句话阳平说得毫无情感波动，仿佛只是一个小小的决定而已。可是没人注意到他捏紧的左拳在微微颤抖着。家长们其实早就通过自己子女的口述，知道学校里发生了一起类似于恶作剧的事件，可是通过他们一鳞半爪的话，很难完整梳理整起事件，现在这件事在所有家长的心目中还属于小孩子闹着玩的可控范围内，可要是他申请家长委员会介入的话，必然会把事态夸大。学校要求他调查清楚事情的真相，他却将事情捅得人尽皆知，他学生会副会长的位置固然是保不住了，但是这些学生的所作所为也必然会被家长们所知。听到阳平这样说，众人也渐渐安静了下来，头顶的热血逐渐退去。跟一只说不清是否存在的妖怪相比，自己父母的存在则更加实际。要是让家长们知道自己为了不上课而逼宫学校，回家之后免不了一顿皮肉之苦，想到这里，不少人更是不禁打了个冷战。

“一周，可说好了。”领头那人迫不及待地站了出来，眼下他的目的已经达到，自然要将整件事给敲定下来，眼神中更是明目张胆地充斥着一种奸计得逞的光芒，“下周的这个时候，你要是解决不了这起案子，可就得辞去学生会副会长的职务。”

“放心，我说到做到。”阳平神色平静地跟那人对视着，对于那人的所作所为，他的心中已经有了一些猜测。

事情尘埃落定，围观的众人纷纷散去，阳平看着3班的人也都纷纷回到了自己的座位上准备学习之后，便转身离开，只是他在离开之前对着3班内使了一个眼色，之后便大步离开了教室。

刚离开教室，阳平就看到有一个穿着青色宽松卫衣的少年朝自己快步走来，一走近便迫不及待地问道："平哥，3班的人没对你怎么样吧？"

阳平的面前站着一个紧绷着身子、一脸紧张的青涩少年，双手紧张地在胸前紧握着，眼神中满是关切，轻咬着嘴唇，头发似是有些自来卷，妥帖地伏在头顶。他是学生会的一名普通干事，也是阳平在学生会中最信任的人。

阳平脸上完全没有事后的轻松，反而神情复杂地说道，"景行，这次的事件可能有些麻烦了。"

"事情麻烦就麻烦呗，"边景行好像卸下了千斤重担，松了一口气，笑了起来，露出了一颗小虎牙，"听到你说这样的话我就放心了，只要你没事就好。"

阳平心头一暖，正色道："跟你说正事呢，别打岔。"

边景行"嘿嘿"一笑。阳平严肃地对着边景行说道："我接下来要说的事情很重要，我已经对3班的人做出了承诺，要是一周内解决不了这起案子的话，我就辞去学生会副会长的职务。"

"什么？"听到这番话，边景行顿时瞪大了双眼，惊呼道，"你怎么能做这样的承诺？"边景行知道阳平对于学生会副会长这个位置的执念，刚放下的心瞬间就提了起来，刚才的危机，阳平竟然要用副会长这个位置做赌注才能顺利解决，可以想象情况紧急到了什么程度，他不禁为阳平捏了一把冷汗。

阳平故作轻松地道："你没看见刚才的情况，群情激奋，差一点就失控了，我只有做出这样的承诺才能够将他们压下去。"

边景行双手相握，担忧地说道："那这样不是会让夏泽宇找到可乘之机吗？他肯定会尽全力阻止你查案的。"

听到夏泽宇这个名字，阳平心头一震，他拍了拍边景行的肩膀，宽慰道：“没事的，你帮我注意好学生会跟夏泽宇的情况就好。”

边景行点了点头，对阳平投去了一个关切的眼神，“那你呢，接下来你准备怎么办？”

阳平目光深邃，望向前方，“我嘛，去找一个可以帮到我的人。”

协助破案

午后，雨势小了许多，微蒙的细雨中一缕阳光隐约可见，是平时很难见到的景象。阳平无暇欣赏这景色，独自一人、心情沉重地来到了教学楼后的实验楼。

实验楼占地颇广，秉承苏式建筑一贯的建筑风格，里面有着化学实验室、物理实验室、音乐教室等专业教室，平时上课时做教学使用，放学之后就留给各个社团用作社团活动，现在这个时间很少有人到实验楼来。

阳平登上实验楼的楼梯，目不斜视地直奔五楼走廊最里层的一个教室而去。在教室前站定，他抬头望了一眼这间没有任何标志的教室，轻轻敲了敲门，耐心等待了片刻，却没有得到任何反应。他微微皱了皱眉，这反馈跟他得到的消息全然不符。

他试着推了推大门，“吱呀”一声，大门被推开了。他往里探了探头，教室里窗帘紧闭，又没有开灯，昏暗一片。教室后方杂七杂八地堆放着一堆座椅，像是废弃了很久的样子。教室正中莫名其妙地摆放着一张皮质长沙发，沙发上躺着一名身穿灰色棉麻衬衣少年，脸上盖着一本书，姿势潇洒随意，看上去似乎是在午休。这跟教室氛围完全不搭的皮沙发并没有让阳平有任何的惊奇，仿佛这个地方就应该是这样的摆设。他走了过去，弯下腰，轻轻在那少年的耳边唤了一声，“李思水？”等待了片刻，少年好像睡得很沉，并没有任何回应。他将书拿了起来，少年面如冠玉，嘴角微翘，不知道是不是在梦里遇到了什么有意思的事情。他轻轻摇晃着李思水的身体，边摇边喊，李思水这才从睡梦中醒了过来。

“谁？”李思水揉了揉迷离的睡眼，下意识地问了一句。他直起身子，缓了缓迷糊的大脑，等他回过神之后这才发现站在自己面前的是一个老熟人。

“嚯，原来是阳副会长。”李思水摆正身子，慵懒地靠在沙发上，打了个呵欠，眼睛眯了起来，跷起了二郎腿，言语之中带着几分戏谑，“是退学通知下来了吗？”

这一接触，李思水尖锐的态度让阳平心中顿觉不妙。此刻正大喇喇地坐在他面前的人，是他心目中整个学校里唯一有可能解决这起案子的人，可是这个人却在前一段时间因为一起事件被学校决定延期退学。这起事件阳平也知道，但是具体的情况却不甚了解，延期退学这个决定更是让阳平摸不着头脑。本来他以为自己的到来，李思水就算说不上兴奋，心情也应该有些波动才对。毕竟自己代表学生会，最有可能带来有关他退学判定的消息。可是现在看来，他似乎对退不退学一点都不在意。

想到这里，阳平清了清嗓子，做出了一个惋惜的表情，说道：“很不幸，你猜错了。”

阳平将双手背在身后，尽可能地隐藏住自己因为思考而表现在外的小动作，“全校所有有关学籍的信息都在学生会有记录，我来之前看了一下，你的状态还是延期退学。”

李思水伸了个懒腰，整个人几乎瘫在了沙发上，“那既然还是延期退学，不知道阳副会长又过来干什么呢？可别打扰了我的午休时光。”说完便打了个呵欠，将双手又搭在了脑袋上，一副昏昏欲睡的样子。

阳平笑了笑，背在身后的拳头缓缓攥紧，吐字如刀，“都在这儿睡了快一个月了，还没有睡够吗？”

李思水双目圆睁，眼神陡然变得锐利了起来，像利剑般射向了阳平，语音低沉，“一个月前耗费了太多的脑细胞，休息一个月，可不太够。”言语中火药味十足。

“你对我发火可没有用。”阳平一摆双手，耸耸肩膀，对于一个月前的事情他略有耳闻，可是这件事并不是他此行的重点，于是直接开门见山道：“最近的油画事件，你知道吧？”

李思水语带轻蔑，“知道又怎么样？不知道，又怎么样？”

阳平压住心中火气，诚恳地请求道，“我想让你帮我解决这起案子。”

李思水口中发出了“啧啧”的声音：“你们学生会就是这么求人的吗？”

“当然了，我会给予你足够丰厚的报酬的。”阳平按照计划说出了自己的回复。李思水嗤笑了一声，“丰厚，能有多丰厚？”

“我能取消你的退学判决。”阳平斩钉截铁，他对自己的条件有着足够的自信。他老早就调查过李思水的情况，母亲在他小时跟他父亲离婚后不知所终，身为警察的父亲在他十二岁时车祸身亡，家中就只剩他一个人，对于能够继续留在全市第一的高中读书这样一个机会，他再怎么样也不会到弃之如敝屣的地步。阳平仿佛已经看到了李思水在故作深思之后，接受自己条件的场面。

阳平的脸上逐渐带上笑意，可是事情却出乎了他的意料，李思水居然径直阖上了眼皮，看都不看阳平一眼。李思水这样的反应让阳平颇感震惊，自己费尽心力才敲定下来的条件，李思水竟然一点都不在乎。

“你……你难道不想继续在市一中读书了吗？”他说话都有些慌乱了，“这可是全市排名第一的高中，你要是继续这样的话，可是真的会被退学的。”

李思水睁眼看了他一眼，阳平以为事情有转机，可是李思水又闭上了眼睛，环抱起双臂，在沙发里扭动了一下身子，找了个更舒服的姿势，看样子是准备睡觉了。

阳平一下子急了，呼吸变得急促了起来。这起案件错综复杂，他找遍了全校所有人的资料，最后因为李思水的一些表现而锁定了他。眼下李思水这个他所选定的唯一人选，竟然一点都不配合，原先想好的用来说服李思水的条件更是被直接无视，局势似乎走到了死胡同。

就在这个时候，阳平突然涨红了脸，大声说道："李思水，难道你就这样放任这些受害者饱受欺凌吗？明明可以保护他们，但是现在却让这些无辜的人平白受到伤害，这是你想看到的吗？"

李思水猛地睁开了眼睛，过往种种如幻灯片般闪过眼前，最后定格在了父亲挂在衣柜正中，那一套被他精心保养的警服之上。他从沙发上站了起来，心底微微颤动着，灼灼的目光紧盯着阳平。这避无可避的视线，竟然让阳平感受到了一股灼热感。

僵硬的身体一瞬间变得柔软了下来，李思水叹了一口气，"我接受了。"

阳平暗暗握拳，可还没顾得上高兴，李思水的要求就来了。

"不过我话先说在前头，要让我调查也可以，可是我有一个要求。"李思水伸出了一根手指，举在自己面前。

"什么要求？"

"我的要求就是我所有的要求，都要能够得到满足。"

事急从权，听到这样的话，阳平并没有出声反驳或是表示不满，他分得清事情的轻重缓急，现在根本不是在这个要求上争辩的时候，要想一周之内调查清楚这起案子，就必须要无条件地信任李思水，而这仅仅是第一步而已。

阳平重重地点了下头："我同意了。"

"那这样就好，你先跟我说说这起案子你们现在都有些什么线索吧。"李思水摸着脸颊，活动了下脖子，"许久没动脑了，脑子都快生锈了。"

阳平笑了笑，一边向李思水说着这起案子的情况，一边将他带到位于办公楼的学生会办公室，在那里有关于这起案子的所有资料文档。刚才的针锋相对一点都没有影响到李思水对待阳平的态度，就好像完全换了一个人一样，语气一下子就软了下来。

“没想到现在连学生都有独立的办公室了。”李思水站在阳平的办公室门口啧啧称奇。这个办公室位于办公楼二层左侧的走廊尽头，是一个小办公室，李思水只来过办公楼几次，这仅有的几次办公楼经历对于他来说也是无比紧张，根本就没有闲心观察办公楼的内部陈设，眼前这间专属于学生的办公室让他颇感稀奇。

阳平没有搭话，直接推开办公室的门，走了进去，李思水跟着阳平走进了办公室。办公室十来平方米，整间屋子里没有任何的装饰品，正对面摆放着一套办公桌椅，桌子上摆放着一堆的文件资料，以及一台办公电脑。桌椅后的窗户紧闭着，窗帘也是十分老旧的样式，跟旁边摆放着的崭新文件柜形成了鲜明的对比。

李思水注意到了新文件柜，开口问道：“这文件柜是最近买的吗？”

“当然了。”阳平顺口答道，“学生会资金很紧的，我申请了很久才批下来资金。”

阳平走到了自己的桌子面前，在桌上一堆杂乱的文件当中翻找着。

“找到了。”他低呼了一声，从一堆文件中抽出了一个文件夹，递给了李思水，“这是这次油画事件的全部资料，你可以看看。”

李思水接过文件夹，随意地翻看着，半晌之后撇嘴说道：“这些东西跟你刚才在路上说的没什么区别嘛。你们有什么重要的发现吗？直接告诉我吧，好节省时间。”

李思水说完话后仍旧看着文件，可是半天也没有听到阳平的回答，他抬起了头，将注意力放到了阳平的身上，却发现阳平正挠着头发，视线游移。

“不会没什么重要的发现吧？”李思水笑道。这种顾左右而言其他的样子，他实在是太熟悉了。

阳平指了指李思水手中的文件夹，努了努嘴，“都写在上面了，自己看吧。”

李思水双手合十，将文件夹整个合上，“要是你说所有的线索都在文件上了，那我刚才的浏览告诉我，这就是没有重要发现的意思。”

“反正所有有用的东西都给你了，”阳平的话里带着一种耍无赖的意思，转过话题，期待地看着李思水，“那你说说，我们接下来该从哪里下手开始调查？”

李思水轻笑了一声，他注意到了阳平刚才话里有话，脑子稍一转动便想到了症结所在。他将文件夹放在了桌子上，脸上带着笑意，“监控出什么问题了？是你们误删了，还是分辨率太低看不清楚？”李思水注意到阳平从一开始跟他叙述油画事件的情况开始，所有的情报都说得非常仔细，但唯独缺了一项最重要、也是最容易想到的——监控。他猜监控八成是出问题了，要不然阳平一定会告诉他，不至于连提都不愿意提一句，而且那一句“有用的东西”更是让他浮想联翩，何谓有用的东西，这监控算是没用的东西吗？

阳平对于李思水提出监控的问题，一点都不觉得奇怪，要是连这一点都想不到，也枉费他如此信任李思水了。他之所以没有说监控的原因，是因为他也不知道这监控到底是哪里出现问题了。换一个角度说，这出现的问题让他根本就无法形容。

“你来看看吧。”阳平语气很奇怪，这让李思水备感好奇。

阳平走到自己的办公桌面前打开了电脑，点开了一个视频文件，用手指一指，“诺，这就是我们拍摄到的监控画面，你过来看吧。”李思水走到了阳平的身边，目不转睛地盯着电脑屏幕。这是一段监控录像，画面里是空无一物的学校走廊，他猜这就是出现油画的走廊，下一个瞬间，油画出现在了视频当中，他的眉毛一下子就扭成了一个“川”字。

这个视频只有短短十几秒，视频前后没有什么奇怪的地方，奇怪的只是在出现油画的那一瞬间，油画是突然出现在监控视频当中的；而且在突然出现的前一刻，视频出现了诡异的波动，导致前一刻还是空无一物的学校走廊，就在波动产生的瞬间之后突然出现了一幅油画。就真的像是有什么不明生物体，把油画放在了教学楼一样。

“这么说油画是突然出现在监控视频里的，没有任何人接触过？”李思水言简意赅地总结了刚才视频中的情况。

阳平点头，“从监控视频里看，情况就是这样。”

“难道真的是妖怪？”李思水揶揄了一句，半开玩笑地看着阳平。

阳平白了李思水一眼，表示自己根本没有闲心跟他开玩笑。

李思水笑过两声之后敛起笑容，认真重新回到了他的脸上，沉思道：“那你们调查过监控室没有，是不是监控室出现了什么问题？”

李思水的话像一根针，直接就扎向了最有可能出现问题的地方，可是他这根针似乎扎歪了位置。

“不可能。”阳平摇头，“监控室有两层保护措施，不可能有人神不知鬼不觉地溜进去。事后我们也做过调查，除了保安正常的检查之外，没有人进去过。”

李思水手指轻按着鼻梁，“那这件事，难办了……”

“那怎么办？”阳平露出了一丝担忧的神色，要是连李思水都解决不了这起案子，难道自己真的要辞去副会长的位置，白白让夏泽宇捡漏吗？

“你把迄今为止四幅油画的照片、三名受害者的照片，还有3班所有人的照片，全都给我一份电子版的。”李思水突然命令道。

阳平惊诧道：“你要这些干什么？”

“不就是预言嘛，”李思水对着阳平咧嘴一笑，“我也会。”

反被设计

街边，冼振海远远地望着前方那道越走越远的身影，不知道该如何是好。

上午3班在发生了班级暴动之后，冼振海接收到了阳平的眼神示意，他立马就明白了阳平眼神中的意思——需要他调查一下那个带头挑起3班集体的人到底是什么来头——两人配合已久，这样的指示自然是不言自明。

放学之后冼振海就根据指示，远远地跟在宋辉后面。自从发生油画事件之后，他根据阳平的要求，对3班所有人都进行了一番调查。他知道宋辉家的方向，眼下宋辉前进的路线根本就不是他家所处的位置。他这么走一定是有着别的什么目的。冼振海这样想着，一路上小心地远远跟在宋辉的身后。

可是随着宋辉越走越远，所选的路线也越来越偏，冼振海心中先打起了鼓。他只是一名普通的学生会成员，跟踪宋辉也是学生会的调查需要，虽然说跟阳平一起配合也有一段时间了，可是两人的关系并没有多深，学生会中最近传出的一些言语，也让他本就摇晃不定的心神变得更加难以坚定。沉思了片刻，在宋辉都快走出他的视线时，他终于做出了决定。

一路上冼振海尾随了宋辉快三十分钟，终于看到宋辉在一个废弃的自行车厂前停住了脚步，他左右望了望，一个闪身就蹿了进去。冼振海站在离他不远的地方，再次犹豫了。这个自行车厂是前几年大热的自行车创业潮时所修建的，后来由于经营不善倒闭了，一直以来，也没有其他的企业来接手这间工厂，久而久之就荒废了下来。

这样一间从外面看起来残破的自行车厂房，给冼振海造成了极强的心理压力，荒凉的土地与随时可能被人发现的危险，给他带来了身体与心灵上的双重重压。他没有想到宋辉会来到这个地方，他原本以为宋辉是夏泽宇的手下，故而两人会在放学后就在学校就近找个地方交换情报，这样他也就能确定这件事情背后有夏泽宇的影子，这样也好向阳平交差。但是现在看来，宋辉本人的任务看来不仅仅是在3班制造恐怖气氛这么简单而已。

冼振海望着围墙内的自行车厂房，咽了一口唾沫，心跳得厉害。他缓缓靠近厂房，厂房的四周有一圈低矮的土墙，他整个人便伏在土墙后面，对着厂房里张望着。厂房是一个南北贯通的大仓库，里面到处都堆放着做自行车所用的钢材，靠近门处有两架竖直的铁梯，可以爬到厂房的二层，说是二层，其实也就是在厂房边修建的一条铁质走道，只是位置稍微高一些罢了。

冼振海注意到在厂房里面宋辉正在跟一个人交谈些什么，那个人他不认识，因为距离过远，两人说的话也听不清楚。他心里犯了嘀咕，只是谈话有必要来到这里吗?

为了弄清楚两人到底在说些什么，他穿过围墙，靠近了厂房，在贴近厂房门口处收敛了自己的呼吸，全身心地听着两人的对话。可是他的耳旁仅仅只能听到两人的只言片语，这种能够听见声音，但是却又听不见具体在说什么的距离让他烦躁不已。把心一横，他决定冒险潜进厂房，进一步靠近两人。所幸厂房里面还有堆放着没有进入制造与组成程序的一大堆钢材与自行车架子，这些废铁随意地堆在厂房的空地上，给了冼振海躲避的空间。

冼振海靠得越来越近了，就在这个时候，突然发出了“砰”的一声，刺耳的响动让他无比紧张，暴露了!

他连忙捂住耳朵，下意识地认为是自己碰到了什么东西摔到了地上，转身想跑。他不能被人发现他现在的身份，要是被宋辉发现的话，那他作为3班卧底的事情就完全败露了。除了离开学生会以外，没有其他的办法能够脱离宋辉的骚扰。

在这般紧急的情况下，冼振海连忙从身后的书包中掏出了一顶帽子，然后戴上了口罩，这样就算正面看到他，一时间也无法分辨出他到底是谁。

宋辉在听到声音的瞬间，也意识到了自己被人跟踪了，在他身侧的那人四处张望着，想要找到声音的源头，同时脚底用力，一旦发现什么蛛丝马迹，方便立即追过去。

宋辉伸手拦住了他跃跃欲试的冲动，对着他摇了摇头，同时伸出食指放在了嘴唇上，做了一个嘘声的手势。

现在的情况十分微妙，宋辉也并不知道对面有多少人。被人发现了之后也不敢现身，想来人数也并不可能会多，不过自己这边也只有两个人。而且他秉着君子不立危墙之下的原则，就算遇到什么情况，他自己是肯定不会上的。这样一分析下来，就算对面只有一个人，那自己这边也并不占优势。

现在最主要的还是要知道来人究竟几人，到底是谁，知道了些什么，这才是最主要的东西。

宋辉的脑海中电流般闪过了无数的念头，不多时便思考好了计策。他对着身边那人使了个眼神，示意他从旁绕过去，同时双手虚压，示意他不要轻举妄动，只需要知道身份就好。

因为宋辉心里想的，敢这么孤身一人跟到这里来的人，绝不会是一个等闲之辈。知道身份之后，有的是办法对付他。

冼振海藏在钢筋堆之后，暂时隐住了身形。但这不是一个长远之计，因为他听到了一左一右两道脚步声向他传了过来。其中左边那道声音稍大，虽然步履缓慢，但是每一步的声音一点隐藏自己的意思都没有，仅仅只是速度慢而已；而右边那一道的声音就不同了，声音极小，只有细微的脚底与地面上的砂石摩擦的声音，得益于工厂的僻静，冼振海才能够听清楚这细微的声音。

事情现在难办了，对面两个人，而自己这边只有一个人，冼振海陷入了两难境地。对面一左一右完全封住了他的逃跑路线，突围完全没有希望，只要被发现身份，那就只有选择退出学生会了，毕竟一个已经暴露身份的卧底，是没有任何价值可言的。

耳畔的脚步声逐渐变大，也变得越来越急，留给冼振海思考的时间已经不多了，他的额头上渐渐地沁出了汗珠。

现在，该怎么办？

预言受害者

下午四点，艳丽的阳光穿破乌云，洒在地上一片金黄。稍显空旷的马路上，一辆出租车疾驰而过，出租车的后座上，阳平与李思水正并排而坐，李思水手臂靠在车窗上，单手托起腮帮，视线投向窗外，不知道在想些什么。阳平几次扭头看向李思水，开口想问李思水那句“我也会”是什么意思，但是嘴巴只是张了张，又收回了自己的这个想法。既然选择让李思水来解决这起事件，就应该毫无保留地相信他。

可是话虽如此，一路上阳平还是无法抑制住脑中的胡思乱想。他是真的想到办法能根据这幅潦草的简笔油画推测出受害人，还是有什么别的办法呢？他只知道刚才坐上出租车的时候，李思水说了一个在市内有名别墅区的名字，那是全市数得上名次的高档住宅区，住在那种地方的人非富即贵，他怎么也想不到这起案子会有什么地方需要让住在那里的人来帮忙。

出租车停在小区门口，李思水付过车费之后，下车径直向小区大门走去，阳平不安地跟在李思水身后，心跳得厉害，陌生与未知让他对这块地方有一种天然的畏惧。而李思水步履轻盈，轻车熟路，来到小区门口时更是做了一件让阳平目瞪口呆的事，他竟然拿出了门禁卡，打开了小区门口的门禁，畅通无阻地进入了小区内部。

这是什么情况？阳平有些懵了，根据他收集的情况，李思水根本就不住在这里，但是李思水拿出的门禁卡，却又证明他跟这小区中的一栋房子有着联系。

李思水在小区内快步走着，根本无心欣赏路旁由国际园艺大师精心打造的园林景色。不多时，他便在一栋别墅前停了下来。

难道这里便是他的家，阳平心想着。可是李思水却做出了一个让他意想不到的举动，他竟然伸出手，按响了门外的门铃。

他不是住在这里的。阳平心中下了决断，没有谁是回家还按门铃的。可是他有这里的门禁卡这件事又怎么解释呢？思来想去，阳平只想到了一个可能，那就是他跟这家户主关系特别好，以至于就连进小区的门禁卡都给了他一张。他甚至怀疑李思水是有这家钥匙的，但是为了礼貌，他还是在门口按门铃。

不一会儿门开了，门后没有人，看样子大门是智能控制的。李思水给了阳平一个眼神，示意他跟上去。阳平默不作声地跟在李思水身后，换了拖鞋，进入屋子。房屋装饰极为简单，入目之处的玄关一眼能看到尽头处的二楼楼梯，毫无装饰。顺着玄关往前走几步身侧便是客厅，客厅中此时空无一人，陈设也很简单，一张布沙发、一张茶几，墙上挂着一只看上去有些时日的大钟，除此之外没有任何东西，几乎可以用荒凉来形容。

阳平从没见过这样的别墅装修，就在他对这极简的装饰摸不着头脑时，李思水却突然开口说话了，“你还记得，我跟你说我要预言接下来的一个受害者是谁这件事吧？”

“当然，那是你中午说的话，我还不至于这么健忘，一放学就忘了。”阳平不满地说道，既是对李思水毫不解释的不满，又是对他给了自己一个又一个疑惑而不满。

“我来这里就是想要做这件事。”

阳平一愣，“你想怎么做？”

李思水没有详细解释，他抬脚沿着玄关向前方的楼梯走去，“这件事其实我是做不到的，要靠我的一个朋友。”

“你所说的朋友就是住在这里的那位？”阳平试着猜测道。

“对。”李思水爬上了楼梯，木质楼梯发出“吱呀”的声音，在寂静的别墅内格外明显，让人听得心烦。

“我看你跟他不是普通朋友关系吧？”阳平紧跟在身后，胡乱地猜测着，看样子李思水应该是要动用自己的一些关系了。

李思水语气淡然，“就是关系很好的普通朋友。”

阳平本想继续猜测，可是一想到接下来还得靠李思水帮忙破案，也就把蹦到嘴边的话给憋了回去，因为他知道自己想说的话肯定不合时宜。

“砰，砰。”李思水在二楼的一个房间前站定，敲响了房门。

“Come in.”一道声音从门后传来，声音秀雅温润，即使隔着门板，仍然能够感觉到声音当中的那股秀气。听到回应之后，李思水拧开把手，走了进去。站在门口的阳平在李思水开门的一瞬间就呆住了，整个房间他只有一个字形容——乱。

阳光透过书桌前的大落地窗投射而入，地面上到处扔着写满了公式的纸，书被放得到处都是，有堆成一堆的，有打开平铺在地上的，也有盖在地上的。视线直直地看去，一张办公桌与一张高脚凳就是这间房子里唯一的家具，这时候他才意识到这堆满了书籍的房间里竟然连个书架都没有。书桌上摆着三台显示器，黑色底的屏幕上似乎是代码，阳平也不知道到底是写的什么。一个人端正地坐在高凳上，背朝阳平，逆光的身影给他一种震撼的感觉。

“宝瑟。”李思水看到刚才两人开门的动静似乎一点都没有影响到他，便轻轻唤了一声，仿佛刚才的回答只是身体的下意识反应。那高凳上的人身躯微微一颤，这才从自己的精神世界中走了出来，站了起来缓缓转身。

那人穿着一件粉白色外套，走了过来，身姿舒朗俊逸，脸上笑容温柔又温暖，身后的阳光衬得他的轮廓格外明晰，阳平还从来没有见过这样的少年。他伸出手，对着阳平微微一笑，“你好。”

红雨万花供扫迹，玉英一笑独留春。阳平心中已没有词汇能形容眼前一幕，只剩这句不知是从记忆哪个角落中翻找而出的诗词。

阳平正想回好，却被李思水给打断了。“别浪费时间你好，你好的了。”李思水拉住了李宝瑟的手，破坏了现场的气氛，“现在正事要紧。”

“思水，你在短信里说的太简单了，你就说要我帮忙推算一个人的样貌，可是连是什么事都不说清楚，这要我怎么帮你啊？”李宝瑟苦笑道，对着阳平做了一个抱歉的手势，将视线放回到了李思水身上，“你说是要查案，想必这就是你的同伴了吧？”

“他就是我一个助手，你不用管。”李思水连眼睛都没有移过去，直接拉着李宝瑟就将他摁在了椅子上，“我给你传的那些照片你都收到了吧？”

“收到了。”李宝瑟无奈地点头，点开了一个文件夹，“是这些吧？”

李思水指着显示屏上出现的文件夹，说道：“这三张油画照片是原件，这三张照片是对比件，我需要你用算法算出这第四张照片推算出来的人像，跟这一堆照片中的哪一张相似。”

不等李宝瑟有所反应，李思水就先说了一堆话，李宝瑟将李思水的话稍微理了理，复述道：“你反正是想让我用算法求出这张照片跟这一堆照片中的哪个更相似对不对？”李思水指着显示屏中的一张油画照片，理解着李思水的意思。

李思水连连点头，“不过要按照那三对照片一一对应的关系来推算。”

“行了，你快别说了。”李宝瑟及时制止了李思水的发言，“我知道你是什么意思了，你再说，我怕我越听越迷糊。”

“行，那你理解了就好。”李思水拍了拍李宝瑟的肩膀，毫不避讳，两人的关系可见一斑。

两人你一句我一句地不断来回，站在一旁的阳平愣得说不出话来。李思水这一前一后的态度变化之快，让他有些不知所措。先前没见到李宝瑟时，一路上敲门静候，各种细节都注意到了，但是在见到李宝瑟之后，又表现出了一副死党的模样，让阳平觉得这根本就是两个人。

“好了。”还没等阳平理清现场的情况，他就听到了李宝瑟示意的声音。

“这么快？”李思水瞪大了眼睛，眼中满是惊讶。

“算法是现成的，我以前写过，现在只是调用而已。”李宝瑟脸上挂着微笑，觉得小事一桩。看到阳平对这个算法似乎有些不解，他又解释道：“照你们所说，这个凶手在袭击受害者之前，会先画一幅油画，虽然在你们看来这幅油画可能看不出到底是谁，但是如果放到电脑中用算法进行匹配，就能够知道这个凶手在画油画时，对受害者进行了多少程度的还原，通过数值化处理，我们就能够推测出这第四幅油画在画的时候，是参考了哪一个人的长相。人看不出来，电脑可是能算出来的。”

阳平恍然大悟。李思水连忙将脑袋凑到了屏幕跟前，看了半天，发现这个人他并不认识，于是他对着阳平挥手说道：“快过来看看，这个人是谁？”

阳平走了过去，视线瞟过屏幕的一瞬间就愣住了。因为屏幕上的这个人他不仅认识，还十分熟悉，熟悉到今天上午他还在用眼神向他发号施令。

最后他实在是压抑不住内心的震惊，喊出声来，“怎么可能是冼振海？”

神秘人出现

随着脚步声的逼近，冼振海不断地后退，他没有注意到脚底有一根钢条，在后退的过程中一脚踩在了钢条上，右脚向前一用力，整个人摔倒在了地上。

这下完了……冼振海双手撑在地上，不停地喘着粗气，心里无比紧张。他已经能够看到地面上两人的影子了，就在下一秒钟，两人就将冒头。可就在这个瞬间，异变陡起。

在不远处，突然又传出了一道钢条滚落在地面的声音。

冼振海这下心如死灰，这一定是他们的援手来了，这下是真的没有任何希望了。

冼振海失去希望的同时，宋辉两人也一阵心惊，难道他的援手来了？两人的步伐瞬间止住了，但是堆起的钢筋阻拦了两人视线的交流，一时间两人都不知道该怎么办才好。

就在这时，冼振海觉得自己是听错了，他好像隐隐听到有人在叫自己的名字，心里暗叫一声不好的同时又有了一丝解脱。

叫自己的名字意味着自己的身份暴露了，可是这声呼喊，也代表着有人来了。

只希望这不是幻听吧。

宋辉也听到了有人在叫冼振海的名字，这下总算是知道了自己想要的信息。他伸出食指跟拇指捏住，放在嘴里吹了一个口哨。另一边的同伙听到了口哨声，立马明白了宋辉的用意，两人飞快地离开了工厂。

听到逐渐远去的脚步，冼振海总算是松了一口气。

“振海，振海……”

呼喊的声音越来越近，冼振海确定这不是自己幻听了，而是确确实实有人在叫自己。这声音听起来有些熟悉，好像是阳平的。可是自己根本没有通知阳平，他又怎么会知道自己在这里呢？阳平的声音由远及近，在冼振海看到阳平的那一刻，阳平从厂区外飞奔了过来，在他的身后还跟着一个看不清到底是谁的身影。应该是一直跟他关系很好的边景行吧，冼振海想着。

“振海，你没事吧？”

阳平在冼振海的身旁止住了脚步，将他扶了起来。感受到阳平有力的臂膀，冼振海此刻悬着的心才终于落回了肚子里，这下总算是安全了。放心之后，紧随而来的却是满心的疑惑，“你是怎么找过来的？”

听到冼振海的话，阳平却愣住了，他脸上的疑惑看起来比冼振海更深，“不是你给我发信息要我来的吗？”掏出手机，点开信息界面，将整个屏幕展示给冼振海看。

冼振海觉得莫名其妙，在刚才那种紧张的情况下，他根本就没有想到过掏出手机求救这一种解决办法，怎么可能给阳平发信息呢。他把脑袋凑了过去，看见手机上写着“有危险，速来”这几个字，最下面还附有一张图片，上面是一张地图，用一个红点标注出了自行车厂房的位置。

“这不是我发的短信啊。”冼振海的回答让阳平懵了，他指着手机上的收件人说道，“这号码根本就不是我的。”阳平正想说话，可是一道声音却先他一步传了过来。

“那除了你，还有谁知道你会来这个地方？”

这声音从阳平的背后传来，冼振海抬头望去，脑子里顿时一片糨糊，就连说话都变得结巴了起来，“你……你不是退学了吗？”他这时候才看清楚了阳平身后跟来的人，根本就不是边景行，而是那个在学校差点掀起轩然大波的李思水。这件事在普通学生中可能并没有太大的影响力，但是他是学生会成员，知道一些别人所不知道的事情，所以在看到李思水时才如此失态。

“准确地说，学校对我是否退学还在讨论当中。”李思水言辞冷淡，对他的反应略有些不满，“而且就算退学了，我也不是死掉了，用不着这么震惊。”

“对，你快想想还有谁知道你到这儿来了？”阳平也想到了这一层，这件事说不定还能成为这起事件的一个突破点，他满怀期待地看着冼振海，希望他能带来新的线索。

冼振海深吸了一口气，将刚才奇怪的响动向几人复述了一遍，两人越听表情越严肃，最后更是不发一语。冼振海试探性地说道：“所以我猜，会不会是那个人干的？”

片刻之后，李思水突然发疯似的抓住了冼振海的肩膀，声音急迫：“快告诉我，那个人去哪儿了？”

“先放开我。”冼振海疼得咧开了嘴，用力挣脱了李思水的双手，“我不是说了嘛，那个人我根本没发现在哪儿，我怎么知道他现在去哪儿了？”

阳平将冼振海扶到了一边，对满脸失落的李思水投以了一个询问的眼神，问道：“怎么了，有什么问题吗？”

李思水闭眼重重地吸了一口气，拳头不由自主地攥紧，睁眼看向了阳平，“那个人，很有可能就是我们要找的油画事件的始作俑者。”

设计器具

边景行坐在出租车上，感觉有些后悔。昨天晚上他接到了阳平的电话，在电话中阳平告诉了他昨天发生的事情，他没有想到昨天放学之后竟然还发生了那么奇妙的事情。而最令他感到惊奇的，还属阳平安排给他的一个任务，要他帮一个人做一件东西出来。而这个人就是现在坐在他身旁，在他的记忆中早就被学校退学的李思水。

边景行一直控制自己不向身旁望去，可是身旁那个人仿佛有着神秘的吸引力一般，总是将视线拉到他的身上。似乎是注意到了边景行的目光，李思水一转头，带着冷若冰霜的表情，肃然道："有关退学的任何事情，我都不想再说了。"

边景行刚兴起的话头就这样被憋了回去，跃跃欲试的冲动沉寂了下来，但是没过多久，他似乎是又想到了一个问题，几次张开嘴，寻找着开口的时机。但是在他开口之前，李思水却先说话了。

"你今天不上课吗？"

昨天晚上，李思水对阳平说出了一个自己觉得十分具有可行性的方案，阳平也对此表示赞同。但是这个方案在执行起来颇有些难度，需要制作一些东西。学校里就由阳平负责，制造一些相对简单的东西，而李思水这个自由身就在校外，制造那个计划当中虽然很小，但却精妙重要的小物件。为了制造这个东西，李思水要求阳平给予他一些帮助，而最后的要求结果，就是阳平将边景行这个人派给了他。李思水对于阳平将边景行安排给自己这个举动有些不解，他因为处于半退学状态，上不上课自然是无所谓，可是边景行这么一个在读学生，在上学期间跟他这么在校外跑，总归有些不太好。

“我今天本应该上课啊，怎么了？”边景行眨了眨眼睛，反而问向李思水。

“呵。”李思水嘴角抽动着，一个上课的学生，自己在问他为什么应该上课的时候没有上课时，他还反过来问我怎么了。不知道他是天真，还是真的蠢。不过阳平身边应该不会有蠢人，照这么看来，边景行应该算是天真了。

边景行大致猜到了李思水在想些生么，于是说道：“我已经保送了。”

“咳咳。”李思水突然被口水呛到了。

“保送……”李思水转头看着边景行，抿着嘴唇，“我记得你才高二吧？”

“对啊，高二又不是不能保送。”边景行不解地耸耸肩，他没有将李思水这个问题放在心上，心中想的更多的还是自己的问题，眼下应该就是问出问题的最佳时机了，“我有个问题，不知道可不可以问？”

李思水径直回绝道：“不可以。”一般有人这么说的时候，他提出的问题是让人最不好回答的。李思水一直以来遇到过很多像这样说的人，他们的问题也着实让李思水不知道该从哪里开始答起，索性一开始就不接这个话茬儿，把这个问题扼杀在摇篮之中。

“你到底想做什么东西啊？”边景行无视了李思水的回答，还是问了出来。

李思水重重吸了一口气，将双手盖在脸上，想竭力保持冷静。他现在感到恼火，十分恼火，不过恼火的不是边景行，而是阳平。因为这个问题的答案，他昨天就已经跟阳平说得十分清楚了。他没有想到阳平安排人过来帮他，却根本不把到底要干什么说清楚，而这个人也的确按捺得住，一直忍到这个时候才开始发问。他嘴角不住地抽动，这两个人真是够奇特的。不说不行，早晚都得说，但是这件事情解释起来又十分麻烦，斟酌片刻后，他还是开口说道：“一件稍微有些复杂的小玩意。”

“你要做这个东西干什么啊？”边景行就像一个好奇宝宝，一个问题解决之后，另一个问题又冒出来了。

“阳平真的没跟你说吗？”李思水说道，他想确认一下，因为他实在是不敢相信阳平让人做事前会真的什么都不说。

“没有啊。”边景行摇晃着脑袋。

李思水突然有些好奇了，“那这件事阳平是怎么跟你说的？”

“平哥他只说让我跟你走一趟，有一件事情需要我帮你。”边景行双手交叉，半仰起头，回忆着昨天阳平对他说的话。

李思水实在是没有办法了，要是不将这件事的前因后果解释清楚的话，这一段不近的车程里，很可能会一直受到边景行的骚扰。他扭了扭坐在后座上的身子，靠向边景行那一边，示意边景行附耳过来，说道：“昨天放学后发生的事情，你都知道了吧？”

边景行点头，表情兴奋，像个孩子，“昨天的事情太好玩了，我都有些后悔提前回家了。”

李思水脸上满是无奈，他现在带着边景行，有一种哄小孩时讲故事的感觉，话虽如此，他还是继续说了下去，“那你知道为什么今天阳平没有跟我一起吗？”

边景行一怔，“不是因为他今天上课吗？”

李思水缓缓摇头，“不是的，他是去验证自己的想法了。”

“自己的想法？”边景行重复道。

“这起事件的始作俑者……嗯……怎么说呢，我们称呼他为怪人吧。”李思水食指点着下巴，缓缓说道。

边景行对“怪人”这个名词表达了自己的疑问，李思水右手在半空虚压，示意他别着急，自己接下来会解释这个词的。

“根据昨天的事情，我分析了这个怪人的心理性格，我认为他有极强占有欲，并且目标无差别。”

“目标无差别？”边景行有些不明白这个词的意思。

“首先我问你，对于这起油画事件，你是怎么看的？”

“我吗？”边景行用手指点着下巴，思索道，“就正常地看嘛，还能怎么看。”

“我的意思是，你相信这件事是妖怪所为吗？”

边景行摇头，“我们是生长在红旗下的少年，要用科学力量武装自己，怎么能够相信这种鬼神之说呢？毛主席曾教导过我们……”

“行了，别说了。”李思水挥手打断了边景行，“这鬼神之说，我猜是那个怪人为了掩盖自己的一个幌子。”

“幌子？”

李思水继续说道：“根据我们收集到的情报，现在出现的四个目标，包括冼振海在内，他们几个人之间，除了同学关系之外，并没有其他任何的联系。这一点说明了怪人在找目标的时候，是完全没有任何理由的，他想找谁就找谁。这就是我所说的目标无差别，对于这样的人，想要从作案动机上寻求突破，简直就是痴人说梦。”

边景行读出了李思水话里的潜台词。调查从来是分两步来走的，动机与手法，刚才李思水的话很明显地表明了他是一个手法派的人，而他猜测阳平多半是倾向于靠动机去找到怪人。要是那人真的如李思水所说的那样的话，确实是个怪人。而如果那怪人真的是目标无差别的话，靠动机这一条，可能真的会毫无所获。

边景行注意到了李思水话中有一个词，他又问道：“那控制欲极强这个猜测，又是怎么得出来的呢？”

“这是从昨天的袭击事件中，我得到的启发。”李思水一打响指，咧嘴轻笑，整个人锋芒毕露，在讨论案情的时候，他周身散发出一种可以称之为张狂的自信，这强烈的信心，给人一种似乎案子就一定是这样的错觉。

“这起事件到现在为止，有四批人卷入其中，我们、怪人、受害者，还有一批想要借着这件事浑水摸鱼的人。昨天，我们、受害者冼振海、想浑水摸鱼的宋辉，这三批人都在那个厂房里。而我们收到了一条通知有危险的短信，这条短信首先肯定不可能是我们给冼振海发的，宋辉他们也不可能发，那你说，这条短信会是谁发的？”

“难道是那个怪人？”边景行一惊，但是很快又疑惑重重，“怪人他为什么要给你们发这条短信呢？照你们算法上推测的那样，他既然本来就想袭击冼振海，又为什么要给你们发短信，通知你们去救冼振海呢？”

“这就是我所说的，怪人他有极强的控制欲，他忍受不了别人去染指他袭击的目标，他必须要自己下手。昨天那道声音只是一个引子，要是我们没有及时赶到的话，说不定怪人会用什么奇怪的手段来对付宋辉他们。从这一点上，我们还算是救了宋辉呢。而且这一点就更说明了他的控制欲，他的目标根本不允许他人染指。对于这样极度自我的人来说，我们再等下去就太被动了，现在时间紧迫，等他放出下一幅油画已经不现实了。从他给我们发信息来看，他已经知道了我们的一些情况，虽然我是昨天才想到用算法预测受害者这个方法的，但是这件事情也很可能被他知道了，他不会蠢到继续放油画，好让我们去追踪他。”

“那我们该怎么找他啊？”边景行反问道。

“我的计划分为引诱与抓捕两个方面，引诱方面你就不用管了，这抓捕的一环就得靠你了。”李思水冷静地说道。

“靠我？”边景行指着自己，满脸迷惑，“怎么靠啊？”

李思水对着边景行神秘一笑，并没有说明。

第二天，两人站在教学楼新出现的油画面前，心情复杂。

边景行脸上带着凝重，这深沉的情绪在他柔和的脸上颇有些不合时宜，“思水，这就是你的计划？”经过昨天一事，两人的关系变得熟络了许多，再加上两人又有一个共同的敌人，在同仇敌忾之心的作用下，关系自然进展得飞快，在呼唤对方的名字时自然变得亲密了。

李思水点头，他知道边景行的担忧，“相信我，没问题的。”计划已经展开，说什么也是无用的，眼下就只能坚定信心，闷头做下去了。

两人站在原地，各有心事，而就在离他们俩不远的地方，有个人正看着这幅油画，面带微笑。

无意识的联系

就在边景行与李思水开始着手制造那个关键的小东西时，学校里，阳平也在为验证自己的想法而奔走。午休时，阳平从3班将冼振海给叫了出来，他能够很明显地看出来冼振海是不情愿的，但是没有办法，为了这个想法，他必须找冼振海了解3班的情况。两个人坐在离学校操场不远的一个小凉亭里，气氛凝重。

令人窒息的沉默维持了五分钟左右，阳平觉得再这样耗下去也不是办法，于是开口说道：“振海，昨天……没事吧？”

阳平这句话说得可谓是毫无作用，既然他能够坐在这里，那就算不上有事这一范畴。这种话按照阳平的性格是根本不会问出口的，不知道为何，在面对冼振海时，他的心中总是觉得有一丝愧疚，他认为昨天冼振海遇到那样的情况，跟他肯定是有联系的。就算是被认为假情假意也好，他也要先确认冼振海的情况。

冼振海的回复果然不出所料，点头回了一句，“还好。”

阳平长出了一口气，又继续说道：“那我再问问，你在3班里跟那几个受害人的关系怎么样？”

冼振海现在心中仍有昨天对阳平因他的指示而害自己身陷险境的恼怒，

他心中也明白自己的回答可能是破案的关键，这个怪人说不定还会对受害者二次袭击，不管是对自己还是对他人来说，抓住怪人肯定是最佳选择，所以自己的回答一定不能给阳平造成误会。再三斟酌之后他才缓缓说道："也就点头之交吧。"

点头之交就是仅限于见面点个头的交情，根本算不上有什么交情可言。

阳平点头，表示自己知晓了，可是心中却疑窦丛生。难道自己想错了？他这样想着。冼振海是没有理由骗自己的，这几个受害者之间确实没有什么关系，那怪人看起来好像真的就是在随机选择受害人。

"3班那几个受害者的情报你确定详尽了吗？"阳平心有不甘，继续问道。

"你不要怀疑我的能力。"冼振海有些生气了，昨天发生的事件已经让他对这种事情产生了厌倦，现在阳平又再三追问，心底的那股无名之火还是发泄了出来。

"我没有怀疑你，"阳平连忙摆手，"我只是在提醒你是不是有什么遗漏了的地方。"

"我没什么遗漏的。"冼振海从横椅上站了起来，动了真火，"还有什么要问的没有？没有的话我就走了。"这是他最后一次参与到这件事中来，他已经下定决心，明天就申请离开学生会，做一名普通的学生，阳平的一再询问与学生会诡谲复杂的关系，已经让他心生疲惫。根据他现在收集到的情报，就算解决了这起油画事件，要是还留在学生会的话，依旧避免不了被卷入旋涡之中的厄运。明哲保身可以说是最正确的选择。

"你确定你跟那三个受害者一点联系都没有？你要不要再想想，有什么细节遗漏了？"阳平不死心，依旧问着早已经问了不知道多少遍的问题。他认为任何一个人犯案都不是毫无理由的，就算是看似无规则的案犯，在选择目标的时候，还是会隐藏着自己下意识的行为。他这样不厌其烦地一再询问，就是想让冼振海想起来那可能被他遗漏掉的细节。

“没有，我说没有就是没有。”冼振海压低声音吼着，“我从来没有主动联系过他们任何一个人，而他们也没有主动联系过我，我们之间没有任何关系。”说完，冼振海便气冲冲地离开了亭子。阳平伸手想挽留，可是却说不出什么挽留的话，他想不到有什么理由能够留住冼振海。七天无法破案便辞去学生会副会长的压力，就如同一把达摩克利斯之剑悬在头顶，让他无时无刻不感受到如山般沉重的压力。虽然说起来只是一个副会长职位而已，但是他的心中有着不能丢掉这个副会长职位的理由，他必须要让自己留在这个位置上，他必须要解决这起案件。

就在这时，突然有一道灵光闪过阳平的脑海。那是生物电流在神经元上奔驰而过的结果，混沌晦暗的大脑在刚才的那一个瞬间似乎完全亮了起来。

他仔细地咀嚼着刚才冼振海说过的每一句话，他确定那个一闪而逝的想法，就是从他刚才所说的话中想到的。是什么呢……阳平仔细地琢磨着，一句话一句话地细细咀嚼着。

Eureka（我知道了），就是这个。他猛地一个激灵，整个人从凉亭的靠椅上弹了起来，右手下意识地攥起拳头，要不是顾及到现在仍在学校，他几乎就要大声地喊出来。

这就是所有事情的关键，他兴奋地拿出手机点开了3班所有人的情报，一个一个地看了过去。

内心里坚定了一个念头：真相，一定在这里面。

意外人物

深夜，教学楼一层的楼梯拐角处，一个隐蔽的角落里，两个学生打扮的人背靠墙壁，一副快要睡着的模样。

李思水穿着一件灰白格子衬衫，环抱着双臂靠在墙上，眼皮虽然阖上，但是微微颤抖的睫毛表明了他的脑袋并没有跟眼睛一样进入休息。

站在他身边的是边景行，而边景行的脑袋则在不停地进行一垂一抬的往复动作，即使头顶反扣着一顶鸭舌帽，额前不安分的刘海还是跳了出来，跟着上下抖动，眼见是睡着了。

李思水用胳膊轻轻碰了一下他，嘴里提醒道："景行，保持警惕。"

"嗯？"边景行不知所措地抬起了头，用手背擦了擦嘴巴流下的口水，睡眼惺忪地四下张望着，"发生情况了？"

"别睡着了。"

"切……"边景行小声嘟囔了一句。随后就在这个角落里绷直双腿走起了圈，想稍稍活动一下因站立太久而有些僵硬的双腿。他转过头看向李思水，随意地问道："思水，你确定你的计划靠谱吗？"

李思水睁开眼睛看了一眼边景行，只一秒，便又阖上了双眼，"尽人事，听天命。"自从执行这个计划到现在，边景行已经问了他不下十次这个问题了，他已经烦得不想再去回答了。

边景行撇了撇嘴，他知道自己不该怀疑李思水的计划，但就算是这样，他也希望从李思水那里得到一些肯定、激励的话语，这没有任何实际意义的回答，让他没有得到任何正向激励。

“是不是你设置的密码太复杂了？”边景行追问了一句，想要将自己脑袋中太多的想法吐露出一些。

“要是不设置得复杂一些，你想要全学校的人晚上都来这儿探秘吗？”

李思水的回答充斥着讽刺意味，鉴于李思水这样的回答态度，边景行瞬间便丧失了继续问下去的兴趣。他在原地站定，稍稍舒展了一下身体，浑身的关节都随着他的动作“噼啪”作响，口中嘟囔着，“也不知道到底能不能行。”

听到边景行的感慨，李思水嘴角微微抬起，却没有搭话。

“嗡！”就在这个时候，从边景行口袋里传出了震动的声音。

“来了！”边景行眼睛一亮，从口袋里掏出了手机，屏幕上显示着“侵入”的字样。

“快。”边景行的声音急促又兴奋，话音未落，两人立马动了起来。

教学楼的楼梯上传来急促的脚步声，边景行跟李思水两人越爬越快，爬到最后，因为前冲的速度太快，在楼梯转向时，更是要抓着扶手将自己的身体甩一个180度。

边景行一路上摩拳擦掌，眼中闪动着火花，“要是这次真的顺利将怪人抓住的话，那可立大功了。”

“要是能抓住的话那当然了。”李思水并不想泼边景行的冷水，只好顺着他的话说下去。

“肯定能抓住的，我的机关做得很精妙，怪人肯定逃不出来的。”

一连用了两个“肯定”，表明边景行对这个计划信心十足。李思水点了点头，他倒不是同意“怪人肯定逃不出来”这个看法，而是他对边景行所做的精妙的机关表示欣赏。

这一个安装在教室门的转轴之上的小小的机械电子装置，集成了红外感应、电子通信等诸多功能。这怎么看都不像是一个高中生能够做出来的东西，不过它的创造者边景行却也不是大家认知中的普通高中生。在上午做完这个东西之后，他才知道边景行的能力有多可怕，除了他，估计阳平也派不出其他人来完成这个猜想。

放学之后，李思水就将这个装置安装在了教室门上。一旦察觉到有人进入教室，装置内的马达立即带动转轴关上教室门，同时教室门栓处早就安装好的放电器开始工作，放出让人不能直接触碰的电流，然后立马通知早就在一旁蹲守的李思水跟边景行两人，让他们马上赶到现场。这就是这个小小的机械装置所集成的功能。

跑到二楼，气喘如牛的两人还没来得及平复呼吸，就立马又跑到了3班门口。边景行站在门口，脸上涌起一抹兴奋的潮红，他已经迫不及待地想要抓住这个让他们咬牙切齿了无数次的怪人。

“这下我看你怎么逃！”

边景行掏出手机，关闭了门把手处的放电装置，然后“轰”地一声推开了大门。

“不许动！”边景行冲进教室，兴奋地喊道。可是一瞬之后，他兴奋的脸色立马就愣住了，整个人愣在原地。教室里确实有个人，但是却跟他想的狼狈模样不一样，这个人脸上带着肆意的笑容，大咧咧地坐在第一排，背靠着身后的桌子，张开的双手也放在身后的桌子上，嚣张地对着两人说道：“你们到了？我等你们很久了。”

不得不说，这人如此模样，确实把边景行给镇住了，一时间说不出任何话来。

“你是谁？”李思水察觉到了边景行的窘迫，抢到了边景行的前面，神情严肃地质问道。他们设计这个计划的目的，原本是想要抓到怪人，可是眼前的情况却让他感到不解，有人被抓到之后还这么嚣张的吗？

那人大笑了两声，转了转脖子，露出了两颗雪白的犬齿。

“我是一个对这起油画事件很感兴趣的人。”那人说完又补充了一句，“是个做事全凭喜好的侦探，叫江柯。”

李思水严肃地说：“别开玩笑，告诉我你真正的名字。”江柯这名字，一听就是在玩江户川柯南这么一个幼稚的把戏。

“我真叫江柯。”江柯从椅子上站了起来，走到了李思水的面前，“诺，学生证给你。”说完竟然还真的将他的学生证给掏了出来，李思水一看，上面果然写着江柯两个字。

李思水闭眼平复了一下心情，他所有的计划被这个突然出现的江柯给全部打乱，他需要整理清楚目前的情况。半晌，李思水又问道：“你怎么会出现在这个班里？”他还是怀疑着这个叫江柯的少年，他会不会就是怪人，但是在发现自己无法逃离这间教室之后，故意装成这个样子的呢？

江柯将双手背在身后，绕着李思水转圈，一边转一边说：“我都说了我对这件事情很感兴趣，第五幅油画是你们伪造的吧？你们留在油画上的密码，我发现了。”

李思水的视线跟着江柯而动，追问道：“你怎么知道这是我们留下的？”

“唉，现在全校都知道你们在调查油画事件，能留下这样信息的，除了你们，还会是谁啊？”江柯站住了，乜了李思水一眼，“那人可没有什么必要留下这样跟人对决的信息，再说了，不就是油画边框上涂一些黑色的斑点嘛，摩尔斯电码这种把戏谁不知道啊，我翻译过来就是Friday Night Aburae。不过这密码倒是有点意思，其中竟然有个日语单词，这个Aburae倒是为难了我一阵子。翻译过来整个密码就是：周五，夜，油画。”

看着这个叫江柯的人漫不经心地将自己的谜题给整个复述了一遍，李思水的心中不仅没有成就感，反而愈发恼火。

“你肯定认为这个怪人是一个随机选择受害者的人吧？也许还得出了他有着表现欲这样的结论。”江柯边说边摇头，脸上带着令李思水极为讨厌的自信微笑，“对了一些，却又错了一些。总的来说，错的占多数。”

“你到底是什么意思？”

就在李思水想要进一步质问江柯的时候，他的电话响了。掏出手机一看，是阳平。

李思水态度恶劣地“喂”了一声。

“是李思水吗？”阳平的声音特别兴奋，“我知道了。”

“你知道什么了？”李思水没好气地回了一句。现在这里的情况你肯定不知道，李思水心中瞎想着。可是阳平接下来的一句话，让李思水差点将手中的手机给扔出去。

“我知道怪人为什么要选这些人为受害者了。”

李思水瞳孔猛地睁大，呼吸急促，“你说什么？你再说一遍。”阳平这一句话不亚于晴天霹雳，在他完全被否认的方向，阳平竟然有了发现。难道从一开始，推断的方向就是错的吗？

随后，阳平便将自己的推论告诉了李思水。李思水挂断了电话，神情复杂，看着江柯漆黑如黑洞一般的眼眸，一种吞噬一切的神秘感笼罩在他的四周。

“你到底是谁？”

江柯回以了一个微笑，“我叫江柯，一个做事全凭喜好的侦探。嗯……准确点儿，校园侦探。”

梳理案情

是夜，阳平接到李思水的通知，火急火燎地赶到校外一个咖啡店。

这家咖啡店靠近学校，晚上开到十点钟，现在已经是临近关店的时间了。阳平走进咖啡店，整个店里光线昏暗，只有正中还有一盏吊灯亮着。他走了过去，发现那里有一张小圆桌，三个人围着这张小圆桌坐着，其中有两个人他认识，是边景行跟李思水，这两人脸上的表情很不好，并且两人的眼神不时地瞟向第三人。而那第三人阳平却不认识，他脸上带着笑容，脑袋向后枕着双手，整个人半仰在椅子上，一点都不在意另外两人投过来的目光。

“这是怎么回事？”阳平走了过去，拉开了一把椅子，坐了下来，他希望在这里坐着的李思水跟边景行两人能给他解释一下，可是他看李思水毫无反应的眼神，完全没有想要解释的意思，所以便将询问的眼神投向了边景行。边景行把脑袋凑了过来，小声地将刚才发生的一切告诉了阳平。阳平在听的过程中，脸上的表情不断地变化，最后更是不知道用什么样的表情，去看自己眼前这位嘴角一直挂着弧度的名叫江柯的少年。

阳平狐疑道：“你是说你只是个侦探？”

“对啊。”江柯点头，“连我都看出来了的事情，你们这些有着更多资料的人却都没看明白，还想出这么愚蠢的方法想要引诱怪人出现……”说到这，江柯摇晃着脑袋，“啧啧”了两声，没有继续说下去，可是话中的嘲讽之意，谁都能听得出来。李思水抓住椅子扶手的双手，连指甲盖都开始泛白，阳平看得出来他已经用尽全力在忍耐了。

阳平正色道：“那你出现在这里是有什么目的呢？不会仅仅只是为了嘲讽我们吧？”

“那当然不是。”江柯挺直了身子，双手压在面前的小圆桌上，身体前倾，舔了舔嘴唇，“我想要跟你们一起，去找怪人。”

江柯的话响在三人的耳边，可是三人对于这一句话却各有反应。

李思水突然插嘴道：“那你先说说，你对这件事情是怎么看的？”

“开始考我啦？”江柯吹了个口哨，神色轻松，“考我也没问题，那我便说一说我的看法。”

“在我看来，这个怪人确实有着极强的控制欲，这点你还是没判断错的。”江柯用下巴指了指李思水，示意自己赞同他的看法，李思水“哼”了一声，没有多言。江柯话锋一转，语言变得犀利了起来，“但是你对怪人选择目标是毫无规律这一点的判断，我是不认可的。”

“等等……”阳平打断了江柯的话，“你是怎么知道李思水对怪人的这些判断的？”

边景行低头凑了过来，低声说道：“刚才你没过来的时候，我们将一些事情告诉过他了，思水正对他束手无策呢。”

“是吗？”听到李思水对他束手无策这句话，阳平颇感惊奇，“你继续说说。”他对江柯接下来要说的话更感兴趣了。

“我之所以会这么说，是因为我想到了一个可能性更高的猜想。”江柯自信非常，那一瞬间竟让阳平产生了正在说话的人是李思水的错觉，因为像这样的自信，他只在李思水的身上见识过。不过江柯似乎比思水更加肆意，行事也十分乖张。这应是天仙狂醉，乱把白云揉碎的恣意畅快，放在江柯的身上最为合适。

“我有个猜想，所有的受害者，应该都隐瞒了一件事，一件让他们互相之间能够联系起来的事情。”

李思水与阳平互相对视，他们分别从对方的眼神中读到了掩饰不住的惊讶。就在刚才，阳平在电话中就对李思水说出了自己的这个猜想。这个猜想乍听之下好像毫无意义，因为在他们的调查中根本没有查到有这样的事情，这种事情是不可能瞒得住的。但是阳平却对李思水说出了一个猜想，一个李思水也无法否认其存在性的猜想。但是这个猜想是阳平靠着众多线索才推断出来的，这个江柯竟然就这么推理出来了，这让阳平感觉很受伤。

“可是我到现在还没有找到这件事到底是什么事，所以我想要加入你们，得到第一手的资料，解决这起事件。”江柯的眼中涌动着火焰，熊熊地燃烧。

“这就是你的目的？”阳平有些不相信，他隐隐觉得江柯的目的并没有这么简单。

“你们不知道那种想尽全力破解一个谜题，但是却因为线索不足而无从下手的无力感有多么地令人绝望。我猜监控视频肯定有问题，但是我却没有办法搞到监控视频，所以也就无法从手法上下手，这种凭空斩断一条推理思路的绝望，你们会懂吗？”江柯眉毛一挑，下巴往上抬了抬，满是轻蔑。

“你只是因为单纯地想要破解谜题，而去破解谜题的吗？”李思水突然沉沉地问道。

“那要不然呢？”江柯看着他，“谜题的唯一价值，就是人破解它的那一刻得到的爽快感，除此之外，别无他物。”

“幼稚。”

江柯听出了李思水意有所指，而说出这样话的会是什么样的人，他更是十分清楚，于是直接回击道：“那些为了某种假大空的目的，而感动自己去努力的人，才是真正的幼稚。”

两人剑拔弩张，坐在圆桌两侧的两人，以自身为中心凝聚了两股截然不同的气场，你来我往，气势凌厉。

这让阳平有些犯难了，李思水的能力自不用说，这个江柯能够破解李思水留下的谜题，也是一个有着十足推理能力的人。阳平现在觉得有些难办，他非常想让江柯加入团队，然后去找出怪人，可是他却不知道这个江柯到底是个什么来路，甚至有可能这个江柯就是怪人。他抬头望去，恰好迎上了江柯的双眼。

两人目光相接之处，隐隐传来电光之声。结果，也就是在这电光火石的一瞬，就已经被定下了。

调查监控

“你相信那个江柯吗？”

校园林荫道上，李思水突然问向了身侧的阳平。此时两人正准备去办公楼的监控室调取监控录像，通过对录像的分析，好确认怪人的手法。本来一路上阳平都在思考这件事，现在突然被李思水这么一问，他不由得怔住了。

“好吧，我也不这么问了，”李思水察觉出了阳平的为难，换了一个说法，“你让他去跟踪下一个受害人，放心吗？”

排除掉他们伪造的那幅用来引出怪人的油画，真正的第五幅油画，在早上出现在了教学楼的走廊里，李思水没有想到怪人竟然这么快就选择继续作案，看样子怪人并没有得知他们能够根据油画推理出受害者的情报。在得知这幅油画出现时，李思水立马便将油画拍照，传给了李宝瑟。根据李宝瑟的回复，这次怪人会袭击一个叫做韩雨燕的女生。

“这次我们可以说是跟怪人站在同一起跑线了，这次跟踪相当重要，这个不知道从哪里冒出来的江柯，我很不放心。”李思水对阳平交了底，他一直都觉得江柯这个人很让人怀疑。

阳平向前走着，沉吟了片刻，说道：“其实我也不是完全放心。”

李思水立在原地，猛地抓住阳平的手臂，声音高了一个八度，“那你还这么做？”

“不是有边景行在他的身边嘛。”阳平给了李思水一个放心的眼神，“而且我也想借这件事情来确认这个江柯到底是不是怪人。”

阳平双手插在衣兜里，继续向前走着，李思水跟在他的身后。他明白阳平的意思，要是江柯在韩雨燕收到袭击时处于边景行的监视下，这就说明了江柯不是这起案件的直接怪人。可是相比起证明这件事，李思水有着更深的担忧。

“假如这个江柯是那个怪人的帮手怎么办？”

“但至少他没有直接动手啊。”

“可是他打入我们调查团队的内部了啊。”李思水向前疾走了两步，走到了阳平的前面，有些焦急。

“思水，”阳平突然莫名其妙地念出了李思水的名字，“你以前可不是这样子的。”

李思水一怔，他也突然意识到了自己的反常。

“我只是想早点抓到怪人罢了。”李思水辩解道。

“真的？”阳平轻笑了一声，“你是生出好胜心了吧？”

其实早在那个咖啡店遇到江柯的时候，阳平就察觉到了，李思水对江柯有一丝若有似无的敌意。那不是仇恨，而是将其作为对手的战意。李思水傲气本来就重，在自己判断失误的同时，冒出了一个比他更嚣张的人。虽然在他的印象中，李思水是一个不论什么时候都能够保持冷静的人，可是他也没有忘记李思水就算平时再怎么成熟与冷静，他也是一个有着热血的少年。少年的争胜心，就在他不知不觉中生根发芽，连他自己都没有发现。

“我……”李思水张了张嘴巴，却想不出该如何反驳。

“我知道他可能会有问题，不过这不是重点。”阳平咧嘴一笑，“不管他有什么目的，我都有信心，能够驱使这头猛虎。”

办公楼二层，走廊最深处就是监控室。监控室有两层防盗门，第一层是普通的防盗门，第二层则是特制的密码锁。密码每周一换，由保卫处控制。监控室平日里根本就没有人，是完全的无人监控，只有需要调取监控时，这里才会有人进来。而现在两人能够进来，也是阳平趁了自己的职务之便。

推开防盗门，监控室内的空间并不算大，一面有着九张显示屏的显示墙漆黑一片，一张操作台就摆在显示墙的正对面。

“我现在也把你带到这里来了。”阳平站在操作台旁，手指一指操作台，“你说你有个想法，现在可以确认了吧？”

“你先别着急，让我看一看监控。”李思水走到操作台前，一阵操作，面前的屏幕上显示出了那几幅油画出现时的监控录像，李思水对这一段录像一遍遍地拖放，反复观看。

在阳平看得都快烦了的时候，李思水突然一顿，说道：“就是这里。”

李思水鼠标一点，显示墙的屏幕上几张显示屏分别显示了第一幅到第四幅油画出现时的录像，他鼠标一点，所有的录像开始同时播放，就在同一时刻，它们的画面同时发生了一阵细微的抖动，然后就在下一个瞬间，油画突然出现在了画面当中。李思水反复拖动这些录像的时间轴，阳平一遍遍地观看着油画突然出现在监控中的片段。

“你发现没有，这些录像抖动的时间都是相同的。”

阳平这时才注意到所有监控中的抖动持续的时间一模一样，甚至就连在屏幕上产生的抖动都相差无几。

“这肯定是有人通过了某种电磁干扰手段做到的。”李思水手指重重地戳在操作台上，语气严肃。

阳平点点头，他很赞同李思水的这个看法，可是得到这个线索，目前看起来并没有什么实质性的作用，他也并没有点破，而是看着李思水继续操作着。这时候李思水又点开了学校其他摄像头的录像视频，将其拖动到发生抖动的那一个时间点，按下了播放。

阳平盯着显示屏的瞳孔猛地收缩，他看到了其他没有油画出现的摄像头，在波动出现的时间记录下的视频，居然也出现了这种细微的波动。

“这是……”

“这说明……”

“你们干吗呢？”就在李思水想要解释的时候，一声怒吼，打断了他的话。

两人循声望去，发现监控室门口站着一个大腹便便的中年男子，他伸出右手，颐指气使地指着两人，这个中年男子两个人都认识，是保卫科的主任。只不过他这个时候怎么会来监控室的？他的工作习惯两人早就摸熟了，平时没事的时候，他就喜欢在保安室里睡觉，定时来监控室巡视这种事是在他工作生涯中从来没有出现过的事情，所以他的出现也是两人始料未及的。

看情势不对，阳平立马站在了前面，解释道：“我们在调查最近的油画事件，需要看一下监控。”

“调查？”主任冷哼了一声，“经过谁的允许了？”

“这……”阳平一时语塞，这件事虽然是学校安排给他的工作，可是在定义上却是属于日常工作的范畴，他并没有得到学校给予他的额外权限。照理来说，他是没有调取监控的权利的，只是一直没有人来追究罢了，现在真正追究起这个权利来，他突然发现自己做的很多事情都是不合规矩的。

主任冷笑一声，看到阳平半晌没有回复，就知道自己此行可以收工了。

“没有经过允许就敢私自进入监控室，快给我出去。”主任立马进入监控室开始赶人，边赶还边说道，“这次就算了，下不为例。”他知道自己不能得罪阳平太深，所以做到现在这个程度已经足够了。

被赶出监控室的两人感觉十分憋屈，在马上就要得到结果时，被人这么一打断，不管是谁，心情都很难好起来。

李思水长舒一口气，平复了一下心情，目光深邃地看着阳平，“你应该是被人盯上了。”

“对，”阳平无奈地点头，“要是我猜得没错的话，应该是夏泽宇。”

“你们学生会里的破事可真多。”李思水语带鄙夷。对于这种明争暗斗他连一点兴趣都没有，为了保住自己的位置，不管什么样的手段都能用得出来，这让他觉得厌恶。

阳平看着李思水的双眼，他明白李思水话中的意思，可是他也有着不能放弃的理由。整了整衣服，洒脱地说道：“接下来的调查，可就难办了。”

跟踪与发现

教学楼外，江柯跟边景行站在教学楼对面的树阴下，百无聊赖地看着教学楼大门，等待一个目标人物的出现，他们俩等待的目标人物就是韩雨燕。

韩雨燕是李宝瑟用算法推算出来的下一个受害者，怪人肯定会对这个人下手，而今天是他们俩被安排跟踪韩雨燕的第一天，从来没有做过这种任务的两人，在等待的时候，自然不知道该做什么消磨时间才好。

江柯在边景行的身旁不停地转着圈，每走一步脚就在地面上踢一下，借此抒发心中的苦闷，“真是太无趣了，居然给我安排跟踪这样的活儿。”

“跟踪这件事很重要的，”边景行怕江柯觉得无聊，到时候脾气一上来抛下自己该怎么办，所以安慰道，“既然预告上说怪人下一个袭击对象就是韩雨燕，那我们跟踪她，肯定能够得到有关怪人的第一手情报。”

“第一手情报……”江柯做出了一个略显夸张的表情，“这都放学30分钟了，她在教室里修椅子呢？”

“哦，我忘了告诉你了，韩雨燕是美术社的社员，每天放学她都要在美术社待一段时间才会离开的。”也不知道是故意的还是无意的，边景行后知后觉地告诉了江柯这个情报。

“什么？”江柯瞪大了双眼，盯着边景行，“这么重要的情报你怎么不早告诉我？”

边景行挠了挠头，“忘了。”

“忘了？”江柯被边景行气得有些语无伦次了，“既然她一放学就会去美术社，那我们为什么不去美术社那里等她，要是她在出美术社的时候遭到了袭击怎么办，你知不知道我们在这里浪费了多少时间？”

江柯一个接一个的问题似连珠炮般打来，边景行在旁边低头“嘿嘿”笑着，没有回话。其实这是边景行一早就跟李思水、阳平设计好的一个计划。假如江柯就是怪人的话，他肯定不会对边景行故意没有告诉他这个重要情报而气恼，反而有可能会沾沾自喜。从目前的情报来看，江柯似乎是清白的。当然这个江柯也有可能是一个演技派，这所有的表现都是故意演出来，让他们放松警惕的。

江柯的诘问并没有持续太久，不多时，他便双手叉腰，气愤地朝着教学楼走去。边景行知道他是想更靠近韩雨燕一些，所以也没有说什么，反而紧跟在他的身后。可是就在两人刚动身的时候，却发现教学楼里正走出一名女生。那女生穿着一件白色衬衣，撩起的袖子露出如藕段般的手臂，墨绿色的长裙淡雅朴素，长发结成三股梳成一根长辫盘在脑袋后面。这就是两人此行的目标人物——韩雨燕。

一时间两人左也不是右也不是，转身回到远处会显得过于奇怪，但是继续向前走呢，又可能会引起韩雨燕的怀疑。就在边景行跟江柯面临这一两难处境时，边景行突然发现四楼的走廊上好像有一个东西在反射着阳光。

这是什么东西，还在闪光？边景行让脑袋尽量运转起来。一瞬间所有能反光的东西一一在脑海中闪过了一遍，能有些什么反射光线的东西呢？玻璃、铁器……

铁器！边景行猛地回过神来，朝着韩雨燕的方向奔跑着。

“危险！”边景行大吼了一声，旨在提醒韩雨燕，韩雨燕因为边景行的大声提醒而稍稍愣了一下，匀速前进的步伐受到了中断，在离开教学楼前的一瞬间停了下来。也因为他这一声大喊，楼上那反着光的铁器顿时消失了，看样子是藏了起来。

边景行抬头看向走廊，发现就在刚才应该是铁器反光的地方，一个人影转瞬即逝。

边景行全身的细胞瞬间活跃了起来，以百米冲刺的速度冲到了直到刚才还在愣神的韩雨燕旁边，江柯也紧随其后。

边景行对着江柯说道："我现在上去捉那个泼水的人，你在这里跟韩雨燕一起，等我一下。"

不等江柯回应，边景行就又冲了出去。沿着楼梯三级当成一步地跨步，每一次重重地踏步都让边景行的心跳增加了一分，他能够很明显地感觉到体内肾上腺素在血管内肆无忌惮地狂飙着。这是距离怪人最近的一次，那种兴奋激动的感觉刺激得他的脑袋都快昏厥了。

终于爬到了四楼，绕过一个转角之后，就是长长的走廊。长廊此时连一个人影都没有，顾不上平复呼吸，边景行急忙赶到了刚才记忆中怪人向下泼水的位置，那里除了一个被丢在一旁的水桶以外，没有任何东西。透过窗户向外面看去，正好就是教学楼的大门。

边景行咬着牙，右手握拳重重地击打在了窗户边沿。就晚了那么一分钟，要是没有借此来考验江柯的话，说不定就能把怪人抓到了，边景行恨恨地想。他也没有料到怪人作案会这么快，上午刚放出的预告油画，下午就对受害者进行袭击，难道是知道些什么了吗？

带着无数疑问，边景行捡起扔在地上的水桶仔细查看了一下，根据桶内残留的液体，他推测这里面装的并不是自来水，而是画油画时的涮笔水。

边景行突然想到了什么，他连忙往四楼的美术教室跑去。美术教室的门是开着的，里面摆着一个画架，但是却并没有人。他上下打量着水桶，看见水桶底下刻着“郝志文”三个字。

边景行心底一惊，他觉得自己好像隐隐抓住了什么。但是现在情况紧急，也没时间去多想，他连忙奔下楼，可是却发现只有江柯一个人站在那里。

“韩雨燕人呢？”边景行质问道。

江柯摸了摸下巴，“她走了啊。”

“走了？”这次换边景行气得说不出话来了，他现在这个表情，在刚才江柯的脸上也出现过，“你怎么能放她走呢？”边景行急得攥紧拳头，身体僵硬却又不知往何处使劲，想仰天长啸却又发不出声，周身充斥着一种无处发泄的憋屈感。

“我看她什么都不知道，所以就让她走了。”江柯吹着口哨，一脸无所谓的样子。

边景行连出了几大口气，微眯着眼睛看着江柯。他不知道江柯这么做是对刚才自己的隐瞒故意报复，还是真的觉得根本没什么可以调查的，又或者是一开始的气愤只是故意表现出来的，这一切都只是他的一出戏呢？要是前两者倒还好，可要是第三者的话……

想到这里，边景行觉得事态已经逐渐失控了，他需要将现在发生在这里的事情通知给阳平，马上。

新的猜想

教学楼四楼，美术教室外，李思水靠着栏杆，一副望着楼外景色、人生无聊的样子。他想尽量给人一种自己只是因为无聊才站在这里消磨时间的感觉，他不想让人知道他的真实目的。

单纯的等待是一件很无聊的事情，李思水又不想干其他的事情，让自己分心错过正事，眼神一直聚焦于某处，不多时，便开始分神，整个人的思绪就开始游离于状况之外。

“思水，过来照张相。”

李思水的耳边传来了熟悉的声音，这声音似曾相识，一个人影在李思水的眼前渐渐变得清晰，他看见了正微笑着的父亲。李思水脸上的表情先是变得惊愕，随后转化成喜悦，父亲笑得很高兴，脸上的梨涡跟李思水如出一辙，他将刚得到的二等功奖章递给了站在一旁的同事。

“给我跟我儿子拍一张。”他一边对站在离他不远处的李思水招着手，一边对刚拍完照正准备离开的摄像师说道。

摄像师闻言点了点头，站在原地等着照相。李思水此时正想点头，可是自己的身体完全不受控制，脑袋摇得像个拨浪鼓一样，对父亲的招手视而不见。

“思水快过来啊。”父亲急忙说道，他没想到李思水竟然会闹这么一个别扭，他对着摄像师报以了一个歉意的笑容，然后走到了李思水的身旁，蹲了下来。李思水也急了，他开口想说话，但是却什么话也说不出来，就好像是自己的灵魂进入了另一个完全不属于自己的躯体中一样。

“思水不愿意跟爸爸拍照吗？”父亲柔和的声音进入耳朵。

“我怕。”李思水摇晃着脑袋。

父亲轻声说道：“有爸爸在这儿呢，你还怕什么呢？”

“上次拍照的时候，有一道特别强的光。”李思水伸出双手画了个圆，“比这个圆还要大，我害怕。”

“不怕啊，拍完照爸爸带你去动物园怎么样？”父亲循循善诱。

“我不去动物园。”

“那你想去什么地方玩啊？”

“我想跟爸爸玩警察捉小偷的游戏，我当警察，爸爸当小偷。”一想起这个游戏，李思水脸上就露出了笑容。

“行。”父亲笑着点了点头，“好好拍完照，我们回家就玩这个游戏，好不好？”

“好。”李思水笑得眯起了眼睛，他对着父亲举起了双手，父亲知道了他的意思，将他抱了起来。

“注意看镜头了。”摄影师看着取景器，嘴里提醒着，“一，二，三！”

“咔嚓。”闪光灯强光闪过，李思水下意识地眨了一下眼睛，这一切都是他五岁时发生的事情，记忆清晰得就好像发生在昨天一样。照理来说五岁时发生的事情，本不应该记得这么清楚，但是这件事却因为被谈论过太多遍，里面的每一个细节，他都在旁人的谈论中记得清清楚楚。

“过去这么久了啊。”李思水喃喃念叨着。

就在此时，他的眼前突然闪过了一道人影，他连忙摇了摇头，让自己清醒了一些。他发现刚才从自己眼前闪过的人影就是他此行的跟踪目标——郝志文。

郝志文这个名字是昨天接到阳平电话时，他才第一次听说，也就在昨天，他得知了边景行跟踪韩雨燕时发生的一切事情。今天上午阳平去询问过郝志文，想要问问他是否知道关于昨天韩雨燕被袭击这件事。但是郝志文表现得愣愣的，一问三不知，也不知道是真的不知道，还是故意装出这样一副样子。眼前直接询问没有结果，李思水就决定跟踪一下郝志文，看他是否真的跟自己说的那样，对这些事情一概不知。

从中午开始，李思水已经跟在郝志文身后整整半天了，也没有发现任何奇怪的地方。这让李思水感觉到很奇怪，昨天怪人在现场留下那个水桶很明显是故意的，就是想让人注意到郝志文。虽然很不想遂怪人的意，可是案件似乎又没有别的方向可供突破，他们只能够朝着这个怪人给出的线索进行侦查。可是经过半天的跟踪，郝志文却没有做出任何出格的举动，这让李思水觉得很不对劲。

这起案子从开始到现在，李思水心中一直萦绕着一种奇怪的感觉，那就是所有的这一切都好像是有人在引导一样。每一幅油画的出现，每一个受害者的出现，都好像是怪人在有意告诉他们一些事情。这种感觉从出现的那一刻起，就像是跗骨之蛆，一直萦绕心间，并且变得越来越强烈。

怪人到底想干什么？

郝志文渐渐走远，这时李思水才放心追了上去，他怕自己跟得太紧引起怀疑。这时候他才发现郝志文手上好像提了个什么东西，被布包着，长方形，扁扁的，看样子很像一个油画框。他拿着一个油画框是要到哪里去？李思水这么想着，一路上跟着郝志文，最后竟然发现郝志文来到了学校的垃圾堆旁。

郝志文将盖着画布的油画框举到自己的面前，隔着布看了半晌，深深地叹了一口气，然后将油画框扔到了垃圾堆里。本来在看到郝志文来到垃圾堆的时候，李思水就隐约猜到了，可是在看到他真的这么做时，还是吃了一惊。

待郝志文走后，李思水走了过去。幸好郝志文只是将油画扔在了垃圾堆的近侧，要是再用力一些，扔到里侧的话，李思水还真未必有这个心去看看这布后面到底是什么。他捏住鼻子，缓缓靠近了被扔掉的油画框，用大拇指跟食指捏起了布的一角，将其掀开。李思水这才发现，原来这是一幅被泼了颜料的油画，从未被泼颜料的地方，李思水能够猜出这幅油画模仿的是法国印象派画家莫奈的《睡莲》，李思水很喜欢印象派的画，对《睡莲》也比较熟悉，这幅画模仿得很一般，但也属于有板有眼的那一类，看得出来画家还是费了很大的心力。

这幅画是郝志文画的吗？这画上的颜料是怎么弄上去的？是有人无意失手，还是有人故意的呢？

随着李思水拉开遮盖在油画上画布的一角，一连串的疑问也跟着冒了出来，让案子变得更加扑朔迷离。所有的线索与疑问此刻都展示在了李思水的面前，就差一根能够将所有这些东西串起来的线。

李思水沉思着。突然脑海中灵光一闪，一个大胆的猜想出现在了脑海深处，他连忙掏出手机打给了阳平。

“喂，怎么了？”阳平的声音带着疑惑。

“我现在有个东西需要你调查一下。”

保存自身

“这起案子，我基本上有结论了。”

“咳咳，什么？”在听到李思水这震撼性发言的时候，阳平嘴里正嚼着面包，中午午休时，李思水突然告诉他有一件事情要说，他带着面包来到两人约定好的学校凉亭处，没想到刚来就听到了这样的话。

“这么快？”阳平有些吃惊，两人得到的线索是一模一样的，他面对这复杂的案件，还不知道该从哪里下手继续调查的时候，没想到李思水都已经有结论了。这时候他突然想起了昨天李思水让自己查的事情，难道说关键是在这里？可是阳平怎么想都无法将昨天李思水让他调查的事情，跟这起油画事件联系起来。

“你不要太兴奋，我只是说这起案子有结论了，并没有说能够抓住怪人。”李思水少有地露出了为难之色。根据他目前的推理，这一切虽然能够联系起来，但是却给人一种很怪异的感觉。

“你这话是什么意思？”阳平追问道。

随后，李思水便将自己的推理告诉了阳平。阳平听完之后整个人都呆住了，脸上的表情竟有些哭笑不得。

“思水，你不是在跟我开玩笑呢吧？”

李思水表情严肃，郑重地摇头，“我知道这可能有些难以理解，但这是目前最合理的解释。”

听完李思水的解释，阳平沉默了下来。见阳平半天不说话，李思水神色凝重，“这起案子我想给它一个结束，我不希望再出现受害者了。”

“怎么结束？”

“我事先说好，这一招很危险，如果怪人真的是如我推测的那样，这起案子就一定不会再出现受害者了。但是我们也可能失去抓到怪人的机会。”

“你先说。”阳平失去了耐心，语气变得急躁了起来。他没想到事情的真相居然会是这样的，听起来虽然有些匪夷所思，但他还是选择相信李思水。因为从始至终，他都相信如果这个学校里有能够找到事件真相的人，那这个人一定是李思水。

李思水将自己的想法告诉了阳平，阳平听完之后沉默了五分钟，才缓缓开口，“你这样让我很难办啊。你知道这件事要是处理得不好，会在学校里掀起多大的波浪吗？”

“正是因为我知道，所以我才来找你商量的嘛。”李思水摩挲着双手，“而且这是我能够想到的最完美的解决方式，既能够解决这起案子，又保留了追查怪人的一丝余地。”

“可是你这个方式，是建立在你的推断正确的情况下吧？”

“我的推测，是目前情况下唯一的解释。”

阳平看向了李思水的双眼，从他的双眼中阳平看到了前所未有的坚定。

“还是说，你怕了？”李思水脸上露出了些微的笑意，“你可是能驱使猛虎的人，这点就不敢了？”

阳平默然不语，在没想到如何解决这个办法的后遗症的情况下，他是无论如何都不可能同意李思水这么干的。

“我想好了一个可以给你留条后路的方法。”李思水又接口道，“这一招驱虎吞狼，你敢用吗？”语气充满了引诱的气息。

阳平盯着李思水，半天没有说话，他觉得李思水有些奇怪，但还是开口说道：“你说说看。”

李思水不知从哪里拿出了一个文件夹递给了阳平，“你把这份文件交给教导主任，你就有了后路。”

阳平疑惑地接过李思水递过来的文件夹，打开一看，瞬间就变了脸色，“难怪我觉得你有些奇怪，没想到你还是没有忘记那件事。”

“我怎么可能忘。”李思水环抱起双臂，眼神如电，“这是我能想到的唯一办法。”

李思水想出这个办法不能说是完全没有私利，他也想借着这件事情将阳平给拖下水，跟他一起调查那起事件。但是李思水也没有说谎，他确实只想出了这个解决办法，只是在处理这个解决办法的副作用时，稍稍代入了一些个人情绪。

“要抓住怪人只有这一条路可以走，对吧？”阳平的眼神也逐渐变得坚定了起来。

“反正我没有想到第二条路。”李思水双手一摊，故作无奈，“你想怎么选？”

“这件事情必须要解决，怪人也一定要抓住，要不然夏泽宇肯定还会找机会来攻击我，为了以绝后患，只有拼了。”阳平右手做掌，在虚空中一划，眼中凶光毕露。

“你的意思是……”李思水的眼神渐渐亮了起来。

“既然要玩驱虎吞狼，那就一定要把它玩得漂亮。”

再提旧事

“砰，砰，砰。”阳平站在教导主任办公室门口，轻轻地敲了三下门。

“请进。”

得到应允之后，阳平推开了办公室的门，一个戴着黑框眼镜，体型修长的中年男子正坐在办公桌前看着资料，他抬起头，阳平正对上了他古井无波的双眼。窗外夕阳西下，阳光透窗而入，平添一股凝重。

“有什么事吗？”教导主任松岳停下了手头的工作，看着眼前的阳平。

阳平轻轻合上了办公室的门，走到办公桌前，轻声道：“是关于油画事件的。”

听到“油画事件”，松岳的表情有了些波动，“是有进展了吗？”

“目前整起案子我们已经知道结果了。”阳平仔细地整理着措辞，琢磨着什么时候将手中的文件夹交出去。

松岳摘下眼镜，五指轻敲着桌子，言辞锐利了起来，“有事情直说，别跟我打机锋。”

“结果我们虽然知道了，但是解决办法却有一些问题。”

“抓住怪人不就好了，能有什么问题。”松岳轻靠在椅背上，仰头看向阳平。

“这起案子的所有情况，我都写在文件夹里了，请您过目。”说着，阳平将文件夹递了出去，紧接着又说道，“这是一份很重要的文件。”

松岳没有回答他，五指缓缓敲着桌面，沉吟了片刻后说道：“有什么东西需要我过目的，这件事不是你们学生会的责任吗？”

阳平撇嘴啐了一口“老狐狸”，他这很明显不想介入其中。

“这不仅涉及油画事件，还涉及一些其他的东西。”

松岳略一抬眸，“你确定要给我看吗？”

“确定。”阳平往前跨了一步，双手撑到了办公桌上，上半身前倾，压迫力十足。

松岳笑了一声，“行，东西留在这里，出去吧。”

阳平将文件夹放在桌上，退出了办公室。

松岳没有立马翻开文件夹，反而按起了鼻翼，闭眼沉思了起来。

阳平七天破案的承诺他是知道的，随着七天倒计时的临近，这么好的一个机会，一直觊觎学生会副会长位置的夏泽宇肯定是不会放弃的。两人在学生会中的势力相当，那能左右这天平的也就只有学生会之外的人物了，学校层面的人物自然是最佳的选择。

在他的猜想中，阳平遇到的困难，无非也是这个人的身份可能有些特殊，让他不敢轻举妄动。但是为了保住自己学生会副会长的位置，他不得不找一些同盟来帮助他。看来，自己是被他选中了。

这每一个能在学生会中发出自己声音的人都可以说是人精，合纵连横的手段玩得比谁都要顺手，要是因为年龄而轻视了他们，那就太天真了。

“你究竟会拿什么东西来说服我呢？这浑水可不好蹚啊。”

松岳嘴角微翘，漫不经心地翻开文件夹，他对于阳平送来的文件兴趣平平，他不认为阳平会拿出什么吸引他的东西。

油画事件为连续袭击事件，性质恶劣。

第一行，毫无意义的话，松岳的视线几乎一扫而过，心底泛起一丝冷笑。要都是这样的话，那这份文件就可以扔了。

所有油画均出现在摄像监控之下，但是摄像出现问题，未记录怪人具体相貌。

第二行，松岳几乎想要扔掉手中的文件夹。

在浪费时间吗？要是单纯的案件记录也能够说服我的话，那我的条件也太低了吧。松岳冷哼了一声，他原本指望看到什么极有价值的东西，可是这些东西，让他生不起半点兴趣。

阳平现在已经是这种水平了吗？看来让夏泽宇来当这个副会长也不错。松岳如此想着，视线继续下移。就在看到第三行的一瞬间，他的双手瞬间抓住文件夹的两侧，瞳孔猛地放大。

这是……

松岳按捺下心中震惊，将第三行每一个字从头到尾再看了一遍，确定自己没有看错。他飞速地浏览完了文件夹中寥寥几页纸所说的所有话，胸膛不断地起伏，呼吸急促。他几乎是冲着出了自己的办公室，朝着档案室飞奔而去。

这起事件超出了松岳的想象，阳平在文件夹中所说的解决办法也着实匪夷所思，甚至可以说是大胆。但是他给出的交换条件也让松岳心动不已，而且要完整地履行这项条件，就必须要松岳一直支持他们的调查。

这一手玩得可真是妙，松岳不由得感叹，这份心计哪里像是一个高中生。

办公楼三层走廊的尽头是学校的档案室，档案室内部竖着高大的档案柜，学校所有的档案按年份依次陈列着。在档案室的尽头，那里存放着学校十年以前的各种记录。松岳一个架子一个架子地找，最终抽出了一个卷宗，将其打开，在一堆记录表中终于找到了自己想要的东西。

看来这次，得帮阳平一把了。

全校广播

放学时刻，就在大家的打闹中，学校的广播突然发出了一阵电流声。学校的广播平时也会由广播社来进行一些广播，但一般是在中午，放学的时候大家都忙着回家，谁都没有心思去听广播。现在广播竟然在放学的时候响了起来，让人不免有些惊讶。

“喂，喂。”广播中传出了几声试音的声音，然后便听见有人轻拍了几下话筒。这几乎是每一次开始广播前所必要的测试工作了，听到这些响动，大家收拾东西的动作不自觉地慢了下来，想听听这广播里到底会说些什么。

“同学们你们好，我叫李思水。在放学时来进行广播，实在是打扰到大家放学的兴致了。”

李思水的俏皮话让听众会心一笑，有了这个开场白，大家也就下意识地认为不是什么重要的事情，便又开始打闹了起来，准备回家。

“我这次广播的目的，是想要向同学们通报一下，目前关于大家热烈讨论的油画事件的始末。”

李思水的声音由广播室的话筒通过电线传递到了全学校，这一句话不亚于一颗炸弹在人群中引爆，人群先是一愣，随后学校内一片哗然。

躁动、兴奋、不安……各种各样的情感，随着李思水的这一句话陡然在学生群体中爆发，风暴席卷的速度之快，学生会因为这一句话乱成了一团。学生会上下都在找这起案子的负责人阳平，可是谁也没有想到阳平此刻就在广播室里，就在李思水的身边，看着他拿着话筒，说出刚才引爆全校的那段话的每一个字。

李思水轻咳了两声，准备切入正题，“我先向大家通报一下这次袭击事件的始末。就在一段时间以前，我们的学校里突然莫名其妙地出现了一幅画着人像的油画，奇怪的是，就在油画出现不久之后，一名跟这幅油画上所画相似的人便会遇到袭击。”

“一开始大家对这起事件有着各种猜测，甚至是鬼神之说。经过我们的调查发现，这起事件其实背后另有隐情。”

李思水此刻所处的广播室位于学校办公楼的二层，他跟阳平在策划这个方案时就知道会引起轩然大波，于是将广播室给反锁了，此刻广播室外传来了阵阵重击的声音，想来也是学校反应了过来，派人来制止他们二人了。眼下时间已经不多，只有长话短说了。

“这整起案子，其实就缘于一个人的所作所为，而这个人，就是3班的韩雨燕同学。”

李思水话音刚落，3班所有人的目光都集中在了刚收拾好书包，准备离开的韩雨燕身上。韩雨燕尴尬地站在原地，周围同学的目光越来越不友善，而其中那受到过袭击的四人眼神则是赤裸裸的憎恨了。虽然大家不知道李思水在广播中说的话真实性到底有多少，但是有个人能够这样站出来指出一个所谓的怪人，那大家的情感自然得到了一个宣泄点。

广播室里的李思水甚至能够想到韩雨燕正承受着怎样的目光，这是她应受的惩罚。而接下来他要说的，才是整个案子的关键，“当然了，韩雨燕是主因，不过那遇袭的几人也别想往外摘，甚至说整个3班，都有错。”

听到李思水的这句话，3班顿时炸了锅，无数的咒骂纷至沓来，站在一旁的韩雨燕似乎意识到了什么，她看着躁动的人群，泛起了一丝苦笑。

李思水这时候才将他向阳平询问的那件事公之于众，“这起事件，以韩雨燕跟郝志文的矛盾为开端。郝志文是一个性子软弱的男生，但是他的绘画实力却明显高于韩雨燕，所以好胜心强的韩雨燕因此怀恨在心。在学校里说一些郝志文的坏话，开始孤立郝志文。”说到这里，李思水的胸膛难以抑制地上下起伏，粗重的呼吸声伴随着电流的沙沙声击打着每一个正在听广播的人的心。

“再然后，你们整个3班都开始孤立他，似乎给他好脸色就是脱离了群众一样。你们是把这样的行为，当成融入整个集体的必备仪式了吗？”李思水的声音越来越大，最后几乎是吼出了声。

“为了融入集体而盲目从众，伤害他人而不自知。不，我觉得你们应该是知道的，你们是觉得这样就会有高人一等的感觉吗？自己跟自己所处的圈子就是一个更高的阶层了吗，呵。”李思水重重地嗤笑了一声，而这一声，也让刚才一直都静静听着他说话的学校众人沸腾了起来，他们没想到这油画事件背后竟然还隐藏着这样的秘辛，疯了一样地冲向3班所在的教室。

也许他们有着想去同情一下弱者的怜悯之心，但他们更多的还是想满足自己的好奇心。也正是这两条理由，让他们像瘾君子嗅到了毒品一样。李思水不知道学校里的人到底在想些什么，这时候又在干些什么，广播室外的呵斥声与撞门声提醒着他，自己的广播要结束了。

“这是事情的过程，相信大家也都猜到了，有这么一个不甘于寂寞的人，想要用自己的方式将这起案子公布在众人面前，结果……也就成了现在的样子。”

整起案子从一开始，一切的设计，都是那么地精妙。回过头来一想，把事件闹大，是想让3班的人害怕，他们虽然参与了这件事情，但是行为并不严重，这是小惩罚；而对于韩雨燕的惩罚则变得更为直接，这似乎为了提醒他们，让他们能够顺藤摸瓜找到韩雨燕跟郝志文两个人，从而知道整件事情的起因。

“虽然这个人这样做，让我们知道了背后的真相，不过做法却并不正确。”李思水话锋一转，将话题从3班众人身上转到了怪人身上，“在我们大家看来，他们或许应该接受一些惩罚，不过这个惩罚，并不应该由你来决定，你认为你这样就算是正义了吗？”

“我绝不允许你诋毁正义！”李思水牙齿紧咬，双拳攥紧，指甲都快嵌进肉里，“我一定要找到你！”语气斩钉截铁，不容置疑。

“轰”的一声，广播里传出了像是重物撞击的声音，然后又传出了保卫科主任的声音，“你在干什么？快关掉！”一道长长的杂音之后，广播被切断了。可此时关于整起事件的风暴才刚刚以3班为中心，开始在整所学校中席卷。

此时就在学校林荫道上，有一名少年站在原地，仔细地将李思水在广播里说的所有话都听了进去。他嘴角翘起，脸上带着不明意味的笑容，喃喃自语。

“有点意思。”

第二章 追求

收尾

实验楼五楼，走廊尽头的教室里，跟一开始阳平来这里邀请他参与调查时的样子有了些许的变化。教室后方仍然堆放着一堆废弃的桌椅，那张沙发依旧摆放在教室的正中。只是在沙发的旁边，多了一张小圆桌和四把靠椅。

“这卖相也太挫了吧？”

在步入这间教室的第一秒，江柯就有一种转身离开的冲动。他指着小圆桌，望向身侧的边景行说道：“这就是学生会批下来的办公用品？”

“你别问我啊，我怎么知道。”边景行挠了挠头，将脑袋转向了一边，又半解释般地说道，“也许是学生会经费有限吧。”他边说边吹着口哨，走到沙发旁，将自己背着的吉他卸了下来。

江柯走到沙发前，用手摸了摸沙发上的灰尘，嫌弃地拍了拍手，环顾整个教室，越看越不顺眼，“我说，你们学生会能批个好点的教室吗？好歹我们这个组织也算是特殊事件调查组好不好，就这种地方，说出去有辱身份啊。”

“咳咳。”跟在后面的李思水用手挡住了嘴巴，轻咳了几声，“学生会也有自己的难处嘛，要体谅，要体谅……再说了，我看这个地方也很不错嘛，采光也好。”

“搞自我激励那一套吗？”江柯撇了撇嘴。

阳平此时从教室外走了进来，教室内三人的视线齐齐移到了他的身上，阳平知道大家是什么意思，他做了一个OK的手势，示意所有的事情都解决了。

李思水心里倒是没有掀起太大的波澜，这件事要平息下去也不难，就看谁去做这件事情。

在学校广播室说出那样一番话，李思水也有着自己不得已的苦衷。而这件事造成的影响也是可大可小，全凭处理的人怎么分析这件事。往大了说，可以说李思水鼓动学生；往小了说可以说只是学生搞的恶作剧。学生这个身份的有用之处就在于此，不管发生了多大的事情，都可以用“他们还只是个孩子，这就是一起恶作剧而已”这句话搪塞过去。

“他也是有条件的，”说到这里，阳平就觉得自己被李思水拖下了水，看着李思水的眼神变得复杂了几分，“我们必须得把那件事给他调查清楚了才行。”

“什么事件？”江柯突然插嘴道。

江柯是半路加入到调查这起事件的小组当中的，自从跟踪完韩雨燕之后，李思水就没有再给江柯安排过任务，他不知道李思水知道了什么，只知道他莫名其妙地就解决了这起事件。他知道李思水还不信任他，他也能够理解，可是从阳平的话中，他似乎又听出了一点弦外之音。

“这件事情我就知道没这么简单，快跟我说说，你们到底用了什么方法让松岳那个面瘫出面的？”

江柯一脸好奇地看着阳平，这起事件中的一些细节，他已经不指望能够知道了，可是这突然冒出的要进行调查的事件，倒让他颇感好奇。

看着江柯一脸的好奇，阳平有些犹豫该不该把这件事情告诉他，江柯这个人是很有能力的，这点毋庸置疑，可是从他的一些所作所为，阳平实在是难以信任他。就在他思考要怎么委婉拒绝江柯时，李思水却先开口了。

“你真的想知道？”

阳平一愣，听李思水话中的意思，似乎是要将这起事件的原委整个告诉江柯。阳平心想，当初说不信任江柯的是他，现在选择信任的也是他，他到底在想些什么？

阳平目光狐疑，兴奋的江柯完全没有注意到阳平脸上的异样情绪，口中连连称是，“我在学校听到你的广播时，都快吓死了，快点告诉我，你为什么要用广播这种方式啊？”

李思水抬眸与阳平交换了一个眼神，他注意到了阳平的疑惑，用眼神告诉了他不用担心，他有着自己的打算。得到了李思水肯定的眼神，阳平放下了自己的担心。

“我选择这种方式，是根据这起案子的性质来决定的。”李思水看着江柯，一字一句地陈述自己的所想，“这起案子的切入点，其实就是在那几个看似毫无关系的受害者身上。”

“这起案子所有的受害者全是3班的人，这其实就是怪人选择他们作为受害者最重要的原因，我们一开始关于受害者之间并没有联系的猜测，其实都是错的。只要是3班的人，都有可能是他的目标，这样来想，这起案子其实很多地方都能够想通了。”

李思水讲到这里，对这起案子仍有许多迷惑的江柯，开始有些明白李思水的处理方式了。他接过李思水的话头，说道：“照你这么说，其实我们只需要找到一件涉及整个3班的事件，就能够知道这起案子的全貌了。”江柯点着头，突然却又猛地摇头，“不对，不对，就算推理到这里，你又是怎么知道韩雨燕欺负郝志文这件事，就一定是这起案子的导火索呢？”

“那我就再多告诉你一些吧。”李思水缓缓走到沙发旁边，全然不顾上面仍洒落的些许灰尘，顺势躺了下来，靠在椅背上，摆了一个舒服的姿势，“我不知道你对这个怪人的行为有多少的分析，你说这个怪人，他为什么要将这起事件闹得满城风雨？如果他仅仅只是想袭击这些人，直接袭击就好了，为什么还要弄出什么油画这样的事情呢？”

江柯仰头思索，右手食指放在嘴唇处，轻轻摇动着脑袋。突然一道灵光闪现，牙齿下意识地用力，将手指给咬疼了，右手条件反射般地收缩。他连忙对着李思水说道：“你是说怪人故意这么做，就是想引起全校的注意，然后让我们来帮他完成这个惩罚计划，对吗？”

“你说对了一半。”李思水轻摇着手指，“他确实是想引起全校的注意，但是让我们来帮他完成这个惩罚计划，却是我想出来的办法，因为只有这样才能够尽快结束这起事件。”

“你这又是什么意思？”江柯被李思水的解释弄得懵了，这东一句西一句的，还不如不解释呢。

“看来引导你是没什么用了，我还是直接告诉你我的整个推理吧。”

李思水一副恨铁不成钢的样子，让江柯万般恼火，可是他又确实想知道这起案子的全貌，所以只得忍了下来，静静聆听着。

“这起案子其实一开始要从怪人不知道从哪里得知了韩雨燕欺负郝志文这件事开始说起，本来这件事只是普通的同学间的吵闹而已，韩雨燕嫉妒郝志文的绘画天赋，故意破坏他的画。本来到这里，都还是两个人的恩怨，但是韩雨燕千不该万不该，将两个人的恩怨扩展成全班对郝志文的敌视。韩雨燕利用自己在班上的人缘，四处散布郝志文的谣言，让大家疏远他。郝志文本就是个内向的人，面对韩雨燕的谣言攻势更是有苦说不出。”

“这样的事情不是很正常吗？”江柯似乎有些见怪不怪了，“这样的事情几乎每个学校都会发生，有什么奇怪的吗？”

李思水抬头看了江柯一眼，眼神复杂，“发生这样的事情不奇怪，但是发生在那个怪人的身边，那可就不妙了。”

“所以他就决定对韩雨燕进行报复，是吗？”

“不只是韩雨燕，而是整个3班。”李思水眼神猛地尖锐了起来，像是要穿破眼前的一切，“这也就是怪人选择用油画对受害者进行预告的目的，他想要让3班所有的人都沉浸在对袭击一事的惶恐之中。”

“这就是他最终的目的吗？”江柯再次发问，在不知不觉中，他的思考节奏已经渐渐地被李思水完全掌控，在得到答案的惊叹中，他不得不承认李思水的推理能力，这样奇诡的妙想，不是一般人能够推理出来的。

“应该……是了……”李思水的回答突然变得犹豫了起来。

“怎么回答犹豫了？”江柯觉得有些奇怪，刚才回答一直都十分自信的李思水，怎么突然有些不敢说话了？

“因为我刚才想到了一件奇怪的事情。”李思水的眉毛拧成了一团，右手撑在额头上，觉得事情有些不对劲，“照我这么解释的话，有点解释不了为什么怪人会去袭击韩雨燕，并且在现场还留下刻有郝志文姓名的水桶。”

“怎么就解释不了了？”一直在旁边听着却一直没有说话的边景行突然说话了，“我听你这样解释挺好的啊。”

“不对。”江柯站在旁边又咬起了手指，他跳出了李思水的思考逻辑，一个想法开始成形，“我觉得我们被利用了。”

“利用了？”边景行一愣，连忙将视线投向江柯。

“妈的，确实被利用了。”李思水右手猛地握拳，“亏我刚才还自信满满地说，让我们来帮他完成这报复计划是我自己想出来的，原来我们都着了他的道了。”

“你们在说什么啊？”边景行被两人越说越迷糊，正想开口询问，却察觉到自己的袖子被人抓住了，他转头一看，是阳平。阳平竖起食指放在嘴唇上，做了一个嘘声的手势，嘴巴开合，却没有发出声音，看嘴形是在说：“别说话，让他们两个去想。”边景行乖巧地点了点头，没有接话。

“这起案子最后的一个袭击者就是韩雨燕吧？你说那个时候，怪人会不会已经知道我们在跟踪韩雨燕了？”江柯猜测道，他在两人完全没有任何互通猜测的情况下，默认了李思水跟自己有着同样的猜测。

李思水思考了片刻，他也不知道江柯的猜测到底是什么，仿佛自问自答一般地说道："我觉得你说的对，这样说来的话，他正是利用了我们想要七天破案的急迫，在这个时候放出整起事件的两个关键人物，我们在得知了整起事件的全貌之后，肯定不会让袭击事件再进行下去，而且他也知道我们肯定会知道他的目的，这时候他就可以利用这一点，来让我们去完成他的计划。"

两人此时忽然对望，一丝凉意突然从脊背蹿上了两人的脑门。在这一刻，两人才确定了下来，原来对方的猜测，跟自己的一样。

"真是可怕的人。"江柯喃喃自语。

"真是可怕的布局。"李思水也喃喃自语。在他看来，怪人的计划几乎将一切都囊括其中，实在是可怕。

"对了，我想起件事。"江柯回过神来，问向了李思水，"你这样终结了这个事件，要是怪人以后不再作案怎么办，那我们岂不是再也抓不到他了？"

"我倒还希望他不作案了。根据他的风格，他肯定是对那些欺负弱小的人下手，没有这样的事情，不是会更好吗？"李思水正气凛然地反问道。

江柯干笑了两声，"你觉得可能吗？"

"不可能。"李思水摇了摇头，"正因为如此，我才选择用全校广播形式通告这起案子，正是为了刺激那个怪人。只要有类似的事情发生，他一定会跳出来继续犯案的。"

"你这么确定？"江柯对李思水的猜测持怀疑态度，听上去似乎有些道理，可是细细一琢磨，还是有些不完整的地方。

李思水坚定地点头，"我很确定。论对这些人心态的掌握，你还差得很远。"

听到李思水这句话，江柯一口气噎在喉头，差点憋死。好不容易顺过了气，他又问道："刚才我们说了那么多，其实都只是猜测而已，你有证据吗？"

"没有。"李思水回答得很果断。

"什么？"江柯怀疑自己没有听清楚，于是又问了一遍。

李思水再次回答道："我没有证据。"

江柯惊得差点蹦起来，"你说你没有证据，你没有证据就敢去学校公然广播这件事情？"

李思水眨了眨眼，不解地看着江柯，"有什么不可以吗？"

江柯提了一口气，想要说些什么，可是又不知道说什么才好，憋了半天，最后只得对着李思水伸出了一个大拇指，"你很棒。"

"谢谢夸奖。"李思水欣然接受。

"既然你这么棒的话，那这东西就给你吧。"阳平的声音突然响了起来，脸上带着微笑。李思水看向阳平，发现他手中正拿着一张A4纸。

李思水揶揄道："退学判定下来啦？"

"什么退学判定……"阳平哭笑不得，"这是你的复学通知。"

李思水把复学通知放在一旁，"是松岳搞定的？"

"那当然了，只有他才有这个本事。"

"那你一开始说能帮我解除退学判定的事，也是在瞎说咯？"李思水突然想起阳平一开始来找他时，对他许下的承诺。

阳平笑道："那时我本来也打算去找松岳的，只不过用来交易的东西没有你的吸引力大，当然了，事情也没有那么大。"

"这么说，倒是怎么都绕不过他了。"李思水朝天吹了一口气，带着几分玩笑的语气，"这样看来，只有用心给他办事，才能报答他的恩情咯？"

"这不正是你想要的吗？"阳平反问道。

江柯站在一边，虽然他很想知道两人到底在说些什么，可是他也有着自知之明，知道哪些事情该问，哪些事情不该问，这种事情很明显就属于不该问的范畴。

“这件事暂时还不用急。”边景行说道，“学校接下来要进行一次阶段性测试，是全校统考，你有一段时间没来上学了，先把这个坎儿过了吧。要是还有余力的话，还可以参加接下来的各学科能力提高测试。”

李思水突然从沙发上站起来，将通知递还给了边景行，义正词严地说道：“请你将这份通知先还给松主任，我觉得我目前还不适合复学。”

边景行知道李思水在想些什么，笑道：“逃避考试这件事你就不用想了，试是一定要去考的，考完试之后，学校还有一个建校六十五周年的晚会，到时候可以好好放松放松。”

“那晚会有什么好放松的。”李思水嘟囔着，“全是学生在上面蹦蹦跳跳的，一点观赏性都没有。”

“学生才有青春的活力嘛。”江柯插嘴说道。

李思水斜眼看了江柯一眼，“听你这意思，是想上去表演一下？”

江柯耸了耸肩，双手一摊，一副无所谓的样子，“要是有机会的话，未尝不可。”

“切，可惜现在是没这个机会，你才会说这样的话吧？”

“那你给我找两个人来，我立马成立个乐队，上台去高歌一首。”江柯自信满满，一副跃跃欲试的样子。

李思水此时注意到了边景行似乎有些欲言又止，几次开口想说些什么，却又憋了回去。于是他开口说道：“景行，你想说什么吗？”

“啊？”边景行一愣，站了出来，姿态有些扭捏。

“你想说什么倒是快说啊。”

“那个……就是刚才江柯说的上台表演的事，我有个想法……”

边景行此话一出，李思水立马将眼神瞟向了江柯，江柯也呆住了，他刚刚只是随口一说，哪想到真的有这么一回事。于是径直问道：“景行，你有什么想法啊？”

“最近学校不是有个晚会嘛，我就想着我们能不能组个乐队上台去表演一下。”边景行说话的声音极小，看出来他对自己的这个计划很没有信心。

“想组个乐队那就组啊。”江柯很看得开，“我会打架子鼓。”他直接将自己熟悉的乐器说了出来。

边景行倒是被江柯的反应给吓到了，他本来只是顺口提一提，完全没想到会有什么回应，对组乐队这件事情也没抱太大的希望。可是江柯的回应让他心中那细微的希望之火燃了起来，组乐队似乎也并不是那么困难。

“我会弹吉他。”边景行迫切地将自己会的乐器说了出来，然后便将视线又放在了阳平身上，眼神之中的意思很明显，就是想让他加入乐队。阳平看出了边景行眼神中的意思，连忙摆手答道：“这个事情你们可不能指望我，学生会工作很多的，我可没有时间陪你们排练。”

“那……”两人齐齐望向了李思水，李思水双手交叉，做出了一个叉的样子，直接说道：“我拒绝。”

“拒绝干什么呀，组个乐队玩一玩啊。”江柯此时发挥了自己死缠烂打的优势，走到李思水身旁，攀住了他的肩膀。

李思水依然摇头，“我又不会什么乐器，怎么跟你们组乐队啊。”

“一把吉他，一个架子鼓就够了，你只要会唱歌就行了。”江柯给李思水出谋划策道。

李思水似乎是想到了什么，连忙惊恐地摇头，“我不唱歌，不唱歌……”

“别这么扫兴嘛……”

“说什么我都不参加。”李思水一直摇头，摇得脑袋都有些晕了，“现在时间也不早了，回家吧。”

“好吧。”边景行悻悻然地回了一句。

看到组乐队已经没有了希望，边景行颇感失落，有了希望之后再绝望的失落，比一开始抱着侥幸的失落显得更为可怕。江柯也不知道怎么去安慰他，阳平就更不用说了。教室门口，边景行背着吉他包的背影轮廓看上去凄凉无比。江柯于心不忍，于是他心生一计，跟着李思水一同走出了教室。

回家

从教室出来之后，边景行在校门口等了几分钟，一辆银白色的轿车径直停在了他的面前。他将吉他跟书包扔到后备厢里，坐上后座之后，才发现司机居然是一个他根本没有想到会来的人。

“妈，你怎么来了？”边景行惊讶地看着坐在面前的母亲，嘴都合不拢了，“不是说刘叔过来接我的吗？”

边景行有一段时间没有见到自己的母亲了，因为家里离得远，上了高中之后，他就在学校附近租了一间房子，独自生活。母亲也很忙，根本就没有时间来看他，那父亲就更不用说了，一年能够见面的次数更是屈指可数。今天是母亲通知自己家里有点事，所以他才回家的。

“我儿子在外面住了一个月了，今天好不容易回来，我肯定要亲自出马啊。”李芙转过身，笑着捏了捏边景行的脸，然后发动了汽车。看着后视镜里的边景行，她有些心疼地说道：“你看看你，好像又变瘦了。”

“每次回来都是这一句，我明明变胖了好不好。”边景行不满地嘟囔着。他如此回答也只是让母亲放宽心，独自在外生活时，他的伙食百分之九十都是靠外卖解决的，他自己都感觉变瘦了，可是却又不能明说让母亲担心，只得撒了个小谎。

李芙眼睛望着前方的路，可是心思却完全在儿子身上。

“这次我亲自下厨给你做了一桌饭，在保温箱里温着呢，回去就可以直接吃了。”

“现在才5点吧，饭已经做好了？”边景行看了一眼手表，平时家里吃晚饭的时间最早也是7点以后，他没有想到5点都已经把饭给做好了。

“本来是给你做的午饭，结果我才想起来你下午5点才回家，害我忙了一早上。”李芙的话语气听起来略有些埋怨，可是字里行间却是满满的幸福感。

“那就当晚饭吃吧，也没事的，感受一下母亲的味道嘛。”边景行笑得眼睛眯成了一条缝。

“听你话里的意思好像还不乐意咯？”

“没有，没有，我哪敢啊。”边景行赔笑道。

“对了，这次我听说一个国外特别牛的人回国开了一个商业课程补习班，专门针对你们这些大学要去国外读商学院的人开设的，我已经给你报名了。”李芙随口提起了最近她给边景行报的一个班，这在她看来完全是一件小事，顺带说说就好了。

边景行心头一颤，又来了。他自从上高中之后，以节约上学时间为由在外一个人租房子住，其中未尝没有逃离那个家、逃离父母的掌控这一类的想法。母子接触还不到半个小时，条条枷锁似乎又准备往他身上套，于是他小心地琢磨着字句，将枷锁甩开，生怕触怒了自己的母亲，“妈，我想放松放松。”

听到补习班之类的话，边景行就感觉自己的头很疼，他非常不想去，但是很多时候去不去是自己根本无法决定的，所以他只得尽可能地表明自己的态度，然后再看父母的决定了。

“嗯，放松下也好，这个班就以后再上，张弛有度才好。”李芙理解地点了点头。边景行知道母亲肯定理解错自己的意思了，他说的放松可不是以后再上这个课，不过他完全没有解释的意思，能拖一阵是一阵吧。他将话题一转，说道：“今天晚上爸回来吗？”

“你爸啊……”李芙的语气为难了起来，“他听到你说要回来的时候，其实是挺高兴的，怎么说都想来接你，不过今天公司那边好像有个校企合作的计划，所以抽不开身。”

“这个意思就是说他来不了了吗？”对于父亲的忙，边景行早有心理准备，得到这个回答，也是他预料之中的事情。

“他其实很想来的——”

“行了，别为他找理由了。”边景行打断了母亲的话，“还是快点回家吧，最近上学太累了，我想睡一会儿。”

说完，边景行就闭上了眼睛。李芙透过后视镜看到边景行躺在后座上闭着双眼，很明显是真的累了，也就没有再打扰他。

汽车在城外的高速公路上极速地驶过，根本没有想要进城的意思，最后在城外一处风景极好的别墅区减缓了速度，驶进了其中一幢别墅的车库。

边景行下了车将自己的行李径直拿回了卧室，然后一觉就睡到了晚上。从卧室走出来的时候，将他从迷离中唤醒的就是那诱人的香气。

“儿子，快下来吃饭了。”李芙在饭厅大声地喊道。

边景行循声闻味地走到了饭厅，在椅子上坐了下来，别说这里是他熟悉的地方，就算是他不熟悉的地方，他也能顺着这股香味找到吃饭的地方。

“醒得挺及时的啊，我还正准备上去叫你呢。”李芙笑着给边景行添了一碗饭，给他递了过去。边景行接过饭碗，立马就狼吞虎咽起来。

“慢点吃，挺多的。”李芙看着自己的儿子吃得这么香，脸上的笑意变得越来越浓了，“你看看你，自己在学校那边肯定没吃好吧。学习虽然很重要，但是自己的身体也要照顾好啊。我都说给你找个保姆了，你还不乐意。”李芙一边说着，一边给边景行夹菜。

要放在平时，边景行肯定会跟李芙说起一些学校的事情，可是今天却不知怎的，完全没有心思。他只有低着脑袋，一口接一口地刨着碗里的饭。

“刚才你爸来电话了，说明天有个饭局，既然你回来了，还是得去一下。”李芙突然一拍脑袋，像是想起了什么。

“我这才高中呢，他这么快就想让我接他的班啦？”边景行话中带刺，他一直都很反感这种子承父业的事情，自己不喜欢的东西还要强加在自己身上，让人感受不到一点自由。

“你想到哪里去了。他最近不是在搞校企合作的项目嘛，明天办饭局的那个教授就是这个项目的牵头人，是在他家里吃饭，很私人的一个饭局。”李芙给边景行解释道，“明天去了表现好点，我听说这个教授在金融学方面很有建树，说不定还能给你弄一封推荐信什么的。到时候申请国外的大学，好像有这个东西能加分不少吧？”

“妈，菜都凉了，你还吃不吃饭了。”边景行不满地抱怨着，摆明了不想深谈这个话题。

李芙知道儿子的想法，也就没有再继续说下去。吃过晚饭之后，边景行直接就回到了自己的房间里。

坐到床上，边景行抱起了房间里的吉他，调起了弦。这把吉他自从他升入高中之后就很少去碰了，本来这次学校的晚会是一个展示的好机会，可是现在看样子好像组乐队是根本没戏了。那要不要自己一个人上台SOLO呢？边景行这么想着。

“也不知道现在技术生疏了没有。”边景行喃喃自语。

很随意地弹了两首曲子之后，边景行将吉他放在了一边，拿起了桌子上的一张照片。这张照片上是一个抱着吉他的小孩子，他的身旁站着两个中年人，左边那个体态魁梧，表情严肃，而右边的则显得消瘦一些，但是却笑得十分开心。小孩子自然就是边景行，表情严肃的那个中年人是他的父亲，而笑得很开心的那一个是他的叔叔，也就是他父亲的弟弟。这张照片是他小学时参加音乐比赛，赢得第一名时拍的照片。

“转眼已经过去这么多年了。”边景行抚摸着这张照片，脑海渐渐地被回忆吞噬。等到再次从这张照片中抽离的时候，他发现夜色早就已经摸上了窗台。坐在床边，又抱起了熟悉的吉他，恍然间，他似乎回到了那个白天黑夜都在练习吉他的日子。

那时候他练的是一首比较简单的曲子，是押尾光太郎的《风之诗》，这是一首很柔和的曲子。想着想着，他的手就这么摸上了琴弦，开始弹了起来。

建起乐队

第二天放学之后，边景行先去了实验楼五层的教室处，那里是他们调查小组的集会处，不管当天是否有发生事件，都要去那里签到。

边景行因为下午有一点事，所以准备打个招呼就走。在他刚进教室的时候，教室中两个人的表情却让他难以迈动离开的脚步。这两人一个是江柯，而另一个人则是李思水。江柯坐在圆桌旁的靠椅上，脸上笑容洋溢，而李思水则仰在沙发上，脸色则显得平淡得多。

“这是……怎么了？”

两个人的表情有些怪异，边景行不知道两人发生了什么事情，于是开口问道。

江柯对着边景行一挑眉，嘴角微翘。边景行心一颤，说话的声音都在发抖：“江柯，你这是抽了什么风？”

“能抽什么风？”江柯一跃就从椅子上站了起来，走到了边景行的身边，靠在了他的耳旁，“你这次可要感谢我。”

耳旁酥麻的暖风让边景行浑身一颤，他下意识地后退了两步，这才注意到了边景行话里的关键词，“感谢？”

“当然了，”江柯向后退了一步，“嘿嘿”笑了两声，张开了双臂，

“来感谢我吧，乐队的主吉他手。”他微微合上了双眼，等待着边景行的拥抱。

“哦……等等，什么，主吉他手？”边景行一愣，瞪大了双眼，看向了坐在一旁沙发上的李思水。李思水无奈地点头，“昨天我跟他打赌输了，所以我们三个人组个乐队吧，我当主唱。”说到后面，明显能够听到李思水咬牙切齿的声音。

“什么打赌？”边景行抱着脑袋，有些摸不清楚状况。

江柯睁眼看着边景行，眼里带着他不跟自己拥抱的不满，解释道：“昨天放学之后，我跟李思水在路上打了一个赌，要是他输了的话，就要跟我们一起组一个乐队。”

“一支乐队只有吉他跟鼓手也可以的嘛，何必一定要拖我下水呢。”李思水叹了一口气。

“主唱可是一个乐队的灵魂所在。”江柯一副老派的样子。

江柯很想帮边景行组乐队，虽说两个人也能够组成一个乐队，可是那样也太无趣了些，但是他们四人小组里，阳平是明确表示不可能的了，从客观情况上来看也确实不太可能，所以他只得将自己的目标锁定在李思水身上。什么一定要有主唱，只是他随口胡诌的一句话而已，要是李思水会吹葫芦丝的话，他多半也会说出一支乐队一定要有一只葫芦丝这样的话来。

“快跟我说说，昨天到底打了一个什么样的赌啊？”边景行越听越好奇，他想要知道昨天放学之后到底发生了些什么。就短短一个晚上，事情就发生了如此大的转变。

江柯笑着看向了李思水，眼神中透露出一股询问的意味。李思水点了点头，“告诉他吧，没什么大不了的。”

江柯眼中的笑意更盛了，他将边景行带到了教室的圆桌旁，两人相对而坐，开始说起了昨天放学之后发生的事情。

赌局

“思水，你真的这么无情啊？”

马路上，江柯站在李思水的身边跟他并肩而行，两人离开学校大门已经有整整两分钟了。李思水伸出右手，对着站在他身侧的江柯伸出了两根食指与大拇指，作出了一个“八”的手势。

“这是你说的第八遍了，你到底烦不烦啊？”

“你也看到刚才边景行失落的样子了吧，帮帮他又怎么了？”

“你要真想帮他的话，你们两个人组个乐队不就好了？”李思水说道，“又没有人说一个乐队里一定要有一个人唱歌，弹弹吉他打打鼓，不也挺好的嘛。”

“那不行。”江柯拒绝道，“主唱可是乐队的灵魂，一定不能少的。”

李思水“啧啧”了两声，“你还是在坚持你自己的想法吧，你确定边景行一定需要一个主唱？”

“他一定需要的。”江柯点头，“乐队一定不能缺少灵魂。”

李思水认为自己拗不过江柯，也就不再多言，江柯一直在他的身边念叨着要组建乐团这件事，似乎一点都不觉得烦。但是李思水却觉得烦了，江柯一直跟在他身边，他也不好直接回家，思来想去，只有那个地方可以去了。

金色大道是沿着一条穿过城市的河流修建的步行道，街道边栽种着一排高大的银杏树，每到深秋时节，金色的银杏叶便会铺满街道，因为这个时候整条街道都是金色的缘故，所以被称为金色大道。

李思水站在步行道上眼睛微眯，他的脑子快要被江柯无穷无尽的骚扰烧爆了。而每当自己需要清醒的时候，他总会来金色大道一趟。即使再怎么烦闷，来到金色大道的时候，他的心情总会舒畅一些。

看着波光粼粼的水面，李思水心情无比畅快，如果旁边没有江柯这个人就更好了。

就在这个时候，突然有一个东西带着“哗啦啦”的响声砸到了江柯的身上，然后弹到了两人的面前，江柯一看，发现是一本杂志。顺着杂志飞来的方向看去，有一名少年正连走带跑地朝着他们这边赶来，看样子就是他扔的这本杂志。江柯的脑海中突然蹿过了一道电流，他心生一计，转头对着李思水说道：“你敢跟我赌一把吗？要是我赢了，你就要加入我们的乐队。”

赌注一提，李思水眉毛一挑，觉得自己找到了一个可以摆脱江柯无止境骚扰的方法，强忍住直接答应的冲动，求稳地问道：“赌什么？”

“看到这本杂志没有，”江柯指着地上的杂志说道，“我们就赌我能够推测出这个扔杂志的人，到底为什么扔的这本杂志。”

“呵。”李思水嘴角抽动着，他有点想找一个有镜子的地方，看看自己现在的样子看起来是不是像个蠢货，“你当我蠢吗？这种问题，你直接问那个人不就知道了？”

“不，他也不知道的。”江柯的眼神变得深邃了起来。

“他也不知道？”李思水发现自己有些弄不清楚江柯的意思，“他自己扔的杂志，他怎么会不知道自己为什么扔的杂志？”

江柯给了李思水一个眼神，“你看着就好了，到时候可不要赖账。”

“喂，等等……”

还不等李思水说完，江柯就先一步蹿了出去，赶在那名少年之前，将杂志给捡了起来。

“对不起，对不起。”少年跑了上去，因为走得太急，在正要到江柯身旁的时候，一下收不住脚，跌倒在了地上，恰好倒在了江柯的面前。

江柯在少年的面前缓缓地蹲了下来，声音轻柔地问道：“你怎么了？”

少年很快从地上爬了起来，对着江柯深深地鞠了一个躬，“我叫楚泽，刚才实在是对不起，我乱扔东西把你砸到了，请你原谅。”

江柯也站了起来，不过他没将书本还给楚泽，反而夹在了自己的腋下，两只手插在裤子口袋里，说道：“没事的，我原谅你了。”

虽然得到了江柯的谅解，不过楚泽并没有感觉到松了一口气，反而觉得更加紧张了些，因为江柯好像并没有将杂志还给他的意思。意识到这一点的他颇有些骑虎难下的感觉，又说道：“既然这样的话，那……那能不能请你把杂志还给我？”

楚泽平视着江柯，因为现在是在斜坡之上，江柯还要站在稍下一些的位置，所以估算下来江柯应该是比楚泽要高的。他粗略地打量了一下站在自己对面的江柯，除了嘴角一直微微翘起以外，那看上去好像是练过几年的匀称身材更是让他生不起暴力抢夺的心思。

江柯看着楚泽，玩味地笑了一笑，将杂志拿在了手上，随意地翻了一翻，说道：“既然你想要这本杂志，那你刚才又为什么要扔掉它呢？”

“这个……”楚泽一时找不到话来回答，不过转念一想，既然刚才自己都觉得要扔掉这本书的话，那还是就此丢掉吧。便又说道：“既然你这么喜欢，那就送给你当作赔礼好了。”

说完，楚泽便转身准备离开，就在这个时候他听到身后传来了一阵爽朗的笑声。

“哈哈，就问了你两句，没想到你还生气了。”

楚泽有些生气地转过了身，看着面前这个憋着坏笑的江柯，一字一句地说："我没有生气。"

江柯收起了笑声，不过脸上还是带着笑意。

"你看你刚才转得跟个陀螺似的，都气糊涂了吧？还说没有生气。"

"就算是这样，那也是因为你。"楚泽"哼"了一声，大踏步地朝街道的方向走去，他想要远离这个疯子，接下来不管这个疯子说什么他都不会再理睬了。

江柯在他的身后大声喊道："喂，你不想知道你到底为什么扔这本杂志了吗？"

"我为什么扔这本杂志我还不清楚吗？还要你来……"话还没有说完，楚泽仿佛意识到了什么，他站住了脚步，转过身去俯看江柯那依旧带着微笑的脸庞，这一次他觉得这张脸神秘了许多。

站在一边一直看着两人对话的李思水弄清楚了状况，他现在算是明白了江柯所说的赌约是什么意思了。他对于江柯能一眼就看出这个少年的心理状态而惊奇，除此之外，他也想观察一下江柯在推理时到底是个什么样的人，于是默不作声地站在一边。看到李思水没有出声发问，江柯知道两人的赌约已成，于是他便将自己所有的精力都放在了眼前的这名少年身上。

"你是怎么知道的？"楚泽顺着斜坡冲到了江柯的面前，双手抓住江柯的肩膀，急切地询问着江柯。

"我知道什么？我什么都不知道啊。"江柯隔开了楚泽的双手，翻看着杂志，一脸的无所谓。

"那你刚才还……"

"我只是想知道我为什么无缘无故被砸而已，原来你也不知道啊。"

江柯一咧嘴，脑袋偏向了一旁。

"什么跟什么啊，跟你说话我都糊涂了。"

楚泽摇晃着脑袋，想让自己的脑海变得清明一些，可是越想越觉得不对劲，最后更是直接坐在了草地上。

“你到底想怎么样嘛？”

江柯蹲了下来，在他面前摇晃着杂志。

“我现在对这件事越来越感兴趣了。”

江柯脸上的笑意越来越盛，咧开了嘴巴，洁白的牙齿反射着光辉。

“站起来吧，我来帮你。”

楚泽抬头看着江柯的眼睛，沦陷在了那双漆黑的眸子当中，无意识地点了点头。

“说说看吧，到底发生什么了？”

江柯修长的手指轻轻点了点自己另一只手上拿着的杂志，神色平静。

楚泽也开始缓缓地叙述着自己刚才的经历。

就在几个小时以前，楚泽在新华书店买了这最后一本《国家地理》杂志。他很喜欢英语这门科目，而且自身水平也不低，对于一些美国的纯英文杂志也十分喜欢，这《国家地理》就属于其中制作非常精良的一类杂志。他很庆幸自己买到了这最后一本杂志，就在他拿着杂志，正准备走出书店时，他的手却猛地被一个人抓住了。

“你说那个人是叫张墨，对吗？”江柯咬着自己的手指头，确定着关键的信息。

楚泽点了点头，眼神复杂，语气也说不上平静，带有很多的个人色彩。

“那时候他说准备出两百块钱买我手上的这本杂志，我一时愣住了，不知道该怎么回答他。”

“这个人是你同班同学吗？”

“不是。”

楚泽摩挲着手指，在心里编排着接下来要说的话。

“既然不是你的同班同学，那你是怎么认识他的？”江柯继续问道。

“全年级第二名，这样的风云人物我怎么会不认识呢？”楚泽自嘲地笑了笑，身体微微后仰，“哼”了一声。

“是吗？”江柯眼睛眯了眯，“为什么你会对第二名这么熟悉呢？要说的话，第一名的知名度应该比第二名高许多吧？就算是老师要提起，更多的也应该是提起第一名才对吧，你说呢？”

“是啊，你这么说也没错。”楚泽的眼睛黯淡地盯着地面的杂草，“可是我们学校不同啊。”

江柯笑了起来，“你们学校又是怎么个不同法？”

“与其说是我们学校不同，倒不如说是他们两个人不同。”楚泽说到这里，狠狠地咬了一下牙齿。

“华承平跟张墨，他们两个人分别是我们学校的第一名跟第二名，两个人从初一就开始争第一的位置，争了整整一年了。”楚泽继续说道，“不过张墨好像从来没有赢过，哼，万年老二。”

“听你的意思，似乎有些看不起这个万年老二咯？”

江柯饶有兴趣地看着楚泽，事情的发展脉络在他的脑海中好像越来越清晰了。

“那当然。”楚泽不屑地甩了甩头，“得不了第一有什么意思？”

江柯“哈哈”笑了两声，本想继续揶揄楚泽，但是又觉得不太好，本着切莫“交浅言深”的原则，江柯将话题转入了正轨。

“那你肯定没把书卖给他吧？”

“我怎么会卖给他？”楚泽捏紧了拳头，“我把书扔了都不会卖给他的。”

“所以你就把书扔我身上了？”

江柯调侃了楚泽一句，楚泽的脸一下子变得红了起来。

“所以我刚才不是向你道歉了嘛……”

“那我能问问为什么吗？”江柯摸着光泽的杂志封面，“你为什么没把书卖给他，又或者是……借给他？”

楚泽抢话道：“要不是她的话，我可能就把书给张墨了。”

“她？”江柯对于这新冒出来的一个“她”，感到了疑惑。

楚泽低下了头，看得出来整个身体都变得僵硬了很多。“她……她叫项雨竹，她让我把书给张墨。”

“所以你就没给？”江柯尝试着回答，他似乎明白了些什么，“你是喜欢她吧？”

被江柯戳破了心事的楚泽，脸红得更厉害了，怀揣着心底秘密被他人知晓的惴惴不安，导致他全身僵硬地坐在草地上，一点也不敢抬头看面前的江柯，即使这个秘密他只知道一点皮毛而已。

“It all began in chaos.”

“什么？”楚泽下意识地问了一句。

“你还没看这本杂志吗？”江柯拍了拍这本《国家地理》杂志，他随便翻了一页，念出了其中一篇文章的题目。

楚泽摇了摇头，“我还没来得及看。”

“From a glue-covered stick on Cyprus hangs a life, and a question:How can we stop the slaughter of songbirds migrating across the Mediterranean?”

江柯突然说了这么一长串英语，让楚泽觉得有些莫名其妙。

“这好像是说的有关鸣禽大迁移时遭到屠杀的意思吧？”楚泽思考了一下，“穿过地中海？”

江柯微笑道：“你英语成绩还不错嘛。”江柯将摊开的杂志推到了楚泽的面前。

“还是英文版的《国家地理》，直接就能够看懂。”

楚泽不好意思地搔了搔头，“运气好而已，这几个单词我前几期看过。”

“你每个月都会买《国家地理》吗？”

“只要不出意外的话，应该是的。”

“我们一中的学生可真是厉害啊，初中的英语水平就要能够看懂《国家地理》的程度。”江柯说这话有些自卖自夸的意思，毕竟从刚才的情况来看，他的英语水平也不低。

“你怎么知道我是一中的？”楚泽的脸上泛起了惊讶，他不知道自己哪里暴露了。

江柯用下巴指了指他胸前的徽章，然后指了指自己的眼睛，“一中校团委的徽章，我视力很好的。”

楚泽一愣，看了一眼那个徽章，不好意思地低下了头。

场面陷入了无人说话的尴尬局面，江柯强启话题，“说句实话，就你这个英语水平，就算是一中里能达到的人也不多。”

“我只是感兴趣而已，也不是所有的话都能够看得懂。更何况……”

“更何况什么？”江柯追问道。

“就算看得懂又能怎么样，还不是没什么用。”

“为什么这么说呢？看得懂这种杂志很了不起啊。”

楚泽抬头呆呆地望着天，口里喃喃自语，“什么都不懂，只知道看两本破书，写些矫情的文字。她这样的女生只会喜欢那种成绩好的男生吧？”低头看了一眼江柯，不过却并没想从他那得到回答。

江柯读懂了楚泽现在的心情，想着去安慰他，却又不知道从哪里入手，最后只得回到这本杂志上面。

“那项雨竹让你把杂志让给张墨，又是什么意思，你想过吗？”

“她喜欢张墨呗，张墨要什么我就一定要给他什么。”楚泽自暴自弃地说道。

“我记得最近好像就有英语能力提高测试了吧？”江柯突然想到了些什么。

“是又怎么样？”

“那你报名了吗？”

“报是报了，可是——”

“你想不想争气一把？”江柯直接打断了楚泽的话。

“什么？”楚泽没有听清楚，抑或是他不敢相信坐在对面的这个江柯所说的话。眼前这个少年居然能说出什么类似“争气”的话来，这让他心里的感觉无比怪异。

江柯脸上又再度挂上了熟悉的笑容，自信的微笑总是能够感染其他人，楚泽似乎也被他这副智珠在握的样子感染，所以他又问了一遍，“你刚才说什么？”

“我说，你想不想争气一把？在项雨竹面前。”江柯的话里带着蛊惑的意味，弄清楚事情来龙去脉，他突然想办一件好事。

楚泽紧了紧拳头，沉吟道：“你想怎么帮我？”

“我这个人做事只看结果，只要结果正确，过程我是不会管的。”

“所以呢？”楚泽被江柯的这一席话弄得莫名其妙。

“如果你想在几天后的英语考试上取得高分的话，从现在开始，就听我的。”

“你想怎么做？”楚泽一副看神棍的表情，眼神之中神色复杂。他对自己竟然有些相信眼前这个此前素未谋面的少年感到诧异，出于对陌生人天然的排斥，与好不容易抓到一根稻草的希望，这两种全然对立的情感萦绕在楚泽的心中。

江柯将《国家地理》杂志一指，说道：“最重要的方法就在这里。”

“这就是你拿高分的凭证。”

“这……”楚泽一时间不知道该说什么话才好。

“我要问你，你到底想没想过为什么张墨想买你这本《国家地理》？”

江柯用引导的方式来带领楚泽思考，直接公布答案是最无趣的一种选择。他做事情，有趣往往是第一要务。

顺着江柯引导的思路，楚泽陷入了沉思。半晌之后，楚泽摇了摇头，示意自己没有想明白。

江柯又说道：“他特别急切地想要这本杂志，首先肯定不是自己喜欢看。”

“为什么？”楚泽很不理解江柯的话，“如果他不喜欢看，又为什么要买呢？”

江柯循循善诱，“这就是我要说的，他是想要从你这花几百块钱买走，对吧？”

“对呀，可是这样不是更表明了他喜欢看吗？”楚泽有些懵了，他觉得自己的脑子有些不好使了。

江柯摇了摇头，“如果他一直坚持看这本杂志的话，他又何必一定要从你这里多花那么多倍的价钱买呢？从网上买，最多等两三天就到了，不是更好吗？”

“你是说……”楚泽的眼睛开始变得亮了起来，无神的双眼又重新充满了色彩，这其中包含着破解秘密的喜悦，更有一种找到敌人弱点的兴奋。

“除非他连这两三天都等不了了。”江柯语气一沉，带着一股子斩钉截铁的决断。

“因为这两三天是关键时间，错过这个时间，他就没有充足的时间完整阅读这本英文杂志了。”楚泽补充道，语气越来越兴奋。

江柯微笑道：“他需要这本杂志，他知道接下来的英语考试将要考这里面的文章，而且是占分极重的部分。”

楚泽大口呼着气，整个人像要爆炸一般的狂热，他如狂信徒一样看着面前的这本“圣经”。

“而且就你买《国家地理》的这个劲头，你的英语成绩肯定不差吧？即使需要查字典，但是只要自己事先看过一遍了，你就肯定能在压轴的部分拿高分，这样的话张墨也就不足为惧了。”

虽然江柯描绘的前景很美妙，可是很快楚泽就又冷静了下来。

“虽然你这么说是很有道理，但是如果你推理错了，考试没考呢？”

“那又怎么样，你损失什么了吗？”

楚泽看着江柯手上那本《国家地理》的眼神变得炽热了起来，双目之中满是渴望。江柯拿起《国家地理》向前一伸，“拿去吧。”

楚泽一把便抓过了那本杂志，他站在原地不知道该怎么办才好，左右为难了一会儿，之后对着江柯深深地鞠了一躬，“谢谢你。”

江柯往身侧跨了一步，堪堪避过了楚泽的鞠躬，边说边摆手，“快起来吧，我可受不起。”

楚泽直起身，径直离开了，看那急迫的样子，多半是回家提前准备考试题目去了。江柯转过头，对着李思水投去了一个得意的眼神，“怎么样，服输了吧？”

李思水摸了摸脖子，显得有些漫不经心，“这样就完啦？”

江柯一愣，“要不然呢？”

李思水“切”了一声，“你这很明显就是没有证据的乱扯嘛，这也算？”

“至少我还是圆回来了，不是吗？”

“其他的我都不提，就那个张墨，他怎么知道英语考试会考那本杂志上的文章的？你根本就是在臆测嘛。”李思水无奈地说道。

“我不管，反正我就是解决了这件事，而且也知道了那个少年扔这本杂志的原因。”江柯脑袋一偏，摆明了听不进李思水的话，“愿赌服输，不要耍赖啊。”

看到江柯这十足耍赖的样子，李思水知道自己怎么也逃不过加入乐队这件事了。刚才的推理虽然没有证据，但是听上去也不无道理，虽然可能跟实际的真相相差较远，甚至说是南辕北辙，不过也属于一种合理推断，说这个判断错误显然是不可能的了。

“好吧，好吧。”李思水脸上满是哭笑不得，“我当你们的主唱，这总行了吧。”

沉思

“原来是这样啊。”

边景行看着李思水，脸上笑意连连。李思水轻咳了两声，对两人说了一句乐队正式排练之后叫他的话，便拿着书包离开了。江柯也没有多留，跟在李思水身后也离开了。眼下乐队组建有望，边景行嘴角不自觉地翘起，就连待会儿要参加的那个饭局都显得不那么讨厌了。

走出校门，边景行跟着来接他的李芙一起，来到了前一天说好要去的林教授的家里。原本以为那个林教授会跟他想象中的教授一样，住在学校的教师宿舍里，过着艰苦朴素的生活。可是当他来到林教授的别墅时，所有的这些固有观念全都荡然无存。

三层的欧式别墅，花园里的花草全都被精心修剪过，屋后甚至还有一个游泳池。

边景行嘴角止不住地抽动，压低了声音说道：“妈，看来这个林教授贪了不少啊。”

“胡说什么呢。”李芙瞪了他一眼，“这个林教授只是在学校里挂了个名而已，他资历很高的，许多大公司请他去他都不去呢。今天去了小心点说话，别吊儿郎当的。”

边景行无所谓地咂了咂嘴，“知道啦。”

母子二人随后便走入了别墅，边景行四处扫视了一圈，并没有发现自己的父亲，倒是那个林教授反而在客厅里，对着一名少年，不知道在说些什么。

林教授在看到两人来了之后似乎松了一口气，连忙招呼两人过来坐。

李芙先是施礼道谢，然后问道：“嘉毅还没来吗？”

“他公司有点事情要忙，晚会儿过来。”林教授脸上笑眯眯的，“今天就是我们两家的私人聚会，随意就好。”

“正青，还不快过来给哥哥、阿姨打招呼。”林教师唤着刚才那名少年，那少年吊儿郎当地站了起来，随意地打了一个招呼。

“爷爷，我回屋去了，别打扰我啊。”这少年甩下这么一句话之后就走了，留下了在现场尴尬无比的林教授。

林教授尴尬地笑道：“实在对不起啊，这是我孙子林正青，可能正在叛逆期吧，麻烦不要见怪啊。”

“没事，没事。”李芙体谅地摇着头，然后转头对边景行说道，“景行啊，你跟正青年纪差不多，要不你去跟他玩玩儿吧。”

“对，对，两个人年龄也差不了太多，应该会有共同语言。”林教授点头同意道。

边景行一脸惊愕地看着自己的母亲，他看到母亲使的眼色，立马便明白了是什么意思。其实就是想让他去跟这个少年好好拉拉关系，两家关系好了之后，不管是他爸的合作，还是他的推荐信，都好办一些。

读懂了这层意思的边景行心不甘情不愿地走上了二楼，敲响了林正青卧室的门。

“我不是都说了不要来烦我了嘛。”林正青不耐烦地拉开房门，正准备继续说着，却发现面前站着一个根本不认识的人，问道：“你是谁？”

“我叫边景行。”没等林正青说话，他抢先一步走进了卧室里，“能进来说话吗？”

“你不是已经进来了吗？”

边景行将整个卧室扫视了一眼，墙面到处都贴着吉他手的海报，从尼尔杨到布莱恩梅，从乔沃尔什到科特柯本，这些吉他手都是上过滚石杂志的伟大吉他手。而他床前摆放的一排吉他，更是让边景行眼前一亮。

“怎么，会弹吉他？”林正青挑衅地看了边景行一眼，坐在了床上，“要不弹一首？”

“我弹得不怎么好，你确定还要听吗？”

“弹得烂就算了，别污染了我的耳朵。”林正青掏了掏自己的耳朵，“你们是有事求老头子吧。”

边景行懂林正青这句话是什么意思，但正是因为懂，所以他才没有接话。

“就算你不说话我也知道，你是过来跟我搞好关系的吧？”他说话很直接，“不过我还是对你挺有好感的，你是第一个承认自己吉他弹得烂的。那些人总是吹嘘自己吉他技术多好，要不就是不敢弹，要不就是弹得烂，你很诚实。”林正青赞许地点了点头。

“这么说我的好感度提升计划算是奏效咯？”边景行笑着，林正青的激将法看起来确实很有效果，他现在突然有了一种想要弹吉他的冲动，走到那一排吉他旁边，他拿起了一把古典吉他，然后坐在了床边，“我现在要是弹一首曲子，你的好感会不会涨得更快啊？”

“那就要看你弹得怎么样了。”林正青环抱双臂，饶有兴趣地看着边景行。

边景行大笑了两声，眼神突然变得锐利了起来，看着林正青，“你真有意思。”

说完，他的双手就动了起来。这是一手Tommy Emmanuel的《Tall Fiddler》，从前奏开始，曲子就异常高昂，并且难度极高，边景行还将这首曲子进行过改编，各种点弦、滑音、击板等技巧轮番出现，配合起节奏感十足的曲调，是一首十足炫技的曲子。

边景行将自己沉入了酣畅的曲子当中，全身随着吉他的节奏摆动，身体的每一个细胞都因为这首曲子而活跃了起来，整个人如获新生。这是一种已经快一年没有体会过的感觉，一种已经快被他遗忘了的感觉。

一曲过后，原本站在一旁准备看边景行笑话的林正青下巴都快掉到了地上。

“现在你的好感度是多少？”边景行半开玩笑地问。

哪知道林正青竟然直接冲了过来，紧紧地抱住了边景行的双腿，“师傅，请收我为徒吧。”

“你的反应有些强烈啊。”边景行摆动着双腿，想将林正青甩开，可是林正青却抱得更紧了，“师傅，以后出去演出的时候，带上我吧。”

“什么啊，我以后不会演出的。”

“师傅你还是要有信心的嘛。”林正青一下就弹了起来，“弹得这么好，以后肯定能登上大舞台的，不要妄自菲薄嘛。”林正青“哈哈”笑着，拍了拍边景行的肩膀，这亲昵的举动一点都看不出来林正青是将边景行当作传统意义上的师傅来看待的。

“来来来，师傅，这是我的名片。”说着，林正青就将自己的名片顺势放进了边景行的衣服口袋里，“以后师傅你就可以照着这个电话给我打过来，有什么表演展示的机会可一定要带上我啊。”

“谁允许你叫我师傅啦？”边景行无奈地看着林正青，“我说不定以后都不会弹吉他了。”

“为什么啊？”林正青大声地质问道，他的这番反应出乎了边景行的意料。

“你怎么了？我只是说我不弹吉他而已，又不是不让你弹。”

“又是什么继承家业一类的破事吧？”

边景行惊讶地看着林正青，想说些什么，却默然无语。

“来找老头子的人，几乎都是你这种情况。他们我不知道是不是乐意接受父母的安排，不过我知道你肯定是不乐意的。”林正青故作成熟地说道。

“你怎么就知道我不乐意了？”

“不是喜欢吉他的人，根本就弹不出那样的曲子。”林正青反驳道。虽然这反驳听起来有些没有道理，可是边景行却根本找不到理由去反驳他，只好轻轻拍了拍林正青的肩膀，说道：“男人总是有一些责任要去承担的，不能一味地借梦想逃避，现实比梦想重要。”

“凭什么？”林正青语气强烈，“为什么梦想就要给现实让路？你都没有尝试过，怎么知道不行？”

“我是家里唯一的儿子，以后肯定要继承家业的。”边景行轻叹了一口气，带着不甘，“我没有尝试的资格。”

“你的梦想实在是太廉价了。”林正青嗤笑道，“为什么像你这样的人能弹出那样的曲子，我实在是很诧异啊。”

边景行沉默着，没有应声。林正青没有理他，拿起了一把吉他，就开始练习起来，完全无视掉了站在一边的边景行。

边景行看了看满脸认真的林正青，又扫视了一圈墙上的海报，垂下头，陷入了沉思。

练习进行时

“喂，你们两个行不行啊。”

活动教室里，李思水看着面前不停摆弄着手中乐器的边景行与江柯二人，不禁扶着额头，不住地叹气。

成立一个乐队有两大困难，一个是乐器，另一个是乐曲。摆在活动教室里的这两套乐器是边景行搞来的，看这全新的质地，不用想也知道肯定是新买的。乐器的问题解决起来很轻松，但是乐队还有另外一个大问题，那就是应该表演什么歌曲。几个人为了这个，已经争执半天了。

“当然应该是摇滚乐啊。”江柯将鼓槌挽了一个花，理所应当地看着边景行。

就在刚才两人试着演奏了两首曲子，一首高亢，另一首婉转，就是为了验证乐队的风格。李思水则站在一旁听着，以他浅薄的欣赏水平听来，他觉得两首都还挺不错的，两种风格倒是不分高低。

“可是我喜欢抒情点的歌曲。”这个声音来自边景行，他言语缓慢又轻柔，整个人自带一抹儒雅之气，看起来一点都不像一个吉他手，更像一个钢琴家。

“思水，你呢？”江柯对着李思水一挑下巴。

“我吗？”李思水没想到两人居然会问自己的意见，照理来说，自己在这个乐队里只能算是一个添头，主力是他们两人才对。可是既然问到了自己，那他也不得不仔细思考了一下。毕竟这还是要站在台上去表演的，要是一个没选择对，到时候可就是在全校人面前丢脸了。

激昂的歌表现力固然更强，也更能带动现场的气氛，可是他对自己的唱功却没这么强的自信。在台上唱破音是每名歌手都不希望遇到的事情。婉转平和的歌固然没有那么出彩，但是对于高音的要求倒是低了许多。对于这次的表演他本来就没有什么大的想法，不求有功但求无过。两相权衡之下，李思水得出了自己的结论。

“行了行了。”

就在李思水正要张嘴说出自己的选择时，江柯却先一步挥手打断了李思水的话，“不耐烦”这三个字就像是写在了他的脸上一样清晰。

“我已经知道你会选什么样的歌了，听边景行的好吧？”

听到江柯先松口了，边景行总算是松了一口气，可是轻松下来还没有超过一秒钟，江柯又说道：“选你那个类型的歌也可以，不过我有个条件。”

边景行的心一紧，“什么条件？”

“那种抒情类的歌曲编曲根本就不适合架子鼓来演奏，要是你想要表演这一类型的曲目的话，我希望你能找个人来改编曲子，只要你满足了我这个条件，我就同意。”

江柯公平地提出了自己的条件，而边景行也根本找不到反驳的理由，对曲子的改编几乎是必不可免的。可是江柯既然提出了这个条件，那就证明他肯定是不会作曲的，而边景行也只是会弹吉他而已，对于作曲根本就没有涉猎，李思水那就更不用提了，乐盲一个。

这看似合理的要求，倒还真的把边景行给难住了。这虽然是横亘在边景行面前的困难，不过也并非没有解决之道，身为学生会成员的他自然有资格调取学校中学生的相关数据。有了这些数据，在全校的学生中找一个会编曲的难道还不容易吗?

想到这个办法以后，边景行就先应允了下来，江柯将两手的鼓槌相互敲了敲，站起来伸了个懒腰，“既然这样的话，那我就先等你的曲子出炉咯？学校晚会只有一个月时间了，可要抓紧点。”

说完，江柯便抓起放在沙发上的书包，离开了。

离开活动教室之后边景行径直走向了位于办公楼三楼的学生会综合办公室，来到办公室前，边景行用力推了推门，发现并没有推动。抬手一看表，发现已经六点半了，学生会这个时候已经没有什么人了。

掏出钥匙打开门，夕阳刺眼的余晖透过正对面的一排窗户射入办公室内。边景行下意识地抬手遮挡住阳光，在拉起一半窗帘之后，这刺眼的感觉就小了许多。他随便打开了一台学生会办公用的电脑，轻车熟路地输入了密码，点开了全校学生信息管理系统。

边景行凭着记忆添加了几个筛选项，然后顺着名单一个名字、一个名字地往下看着。突然有一个名字就这么跳入了他的眼帘，点开一看，详细经历也是十分出彩，在各种作曲比赛中都拿到过的名次，是最佳人选。可是这个人选却有一点让他觉得有些不好，那就是这个人是个女生。

这倒不是边景行歧视女性，而是他有一个弱点，说成是弱点有些不太合适，说是缺点更准确一些，那就是他根本就不知道该如何跟女生交流。在他的成长历史中跟同龄女生交流的次数屈指可数，他很缺少这方面的经验。可是这个最佳人选却是个女生，这就让他犯了难。

往后的名单还有很长，这其中未必找不到能力跟这个女生差不多的男生，可是他也不知道往后翻多久才能翻到这样一个人。有可能下一页，也有可能下一百页。既然现在能找到合适的，那就这个人就好，不要再浪费时间了。

女生就女生，还能吃了我不成？坚定了信念的边景行，一副视死如归的样子，不知道的，还以为他明天就要奔赴前线了，而跟女生交谈，对于他来说不亚于上一次战场。

请人

翌日，第一节课后，边景行鼓起勇气，径直来到了6班门口。他双手紧握，在6班门前不停地徘徊着，颇感紧张。他的脑海中预先想好了无数种跟女生沟通的方式，经过再三思量，最后终于敲定了一个万全的沟通计划。

“你好。”边景行靠在教室门边，朝着教室里面伸进了半个脑袋，对着坐在第一排的一个女生打了个招呼。那女生抬起了头，迎着门外清晨的阳光，看到了一张笑脸，温暖的笑容在她的心底漾开。短暂的失神之后，女生注意到了那个少年朝教室里张望的眼神，看样子似乎是在找人。

从外表看来边景行似是游刃有余，可是他的心里早就不知道慌成了什么样子，他整个脸上的肌肉都笑得僵住了，动作僵硬而迟缓。

“有什么事吗？”女生摸了摸自己微微有些发烫的脸颊，羞赧却又不失礼貌地问道。

“我想知道，你们班上是不是有个女生叫张蓝伊？”边景行没有在意女生的异样，他也没有精力去注意女生的表情，只能够按照计划说出了自己此行的目的。张蓝伊，就是他昨天在学校的数据库中看到的那个编曲能力很强的女生。

“你是要找蓝伊啊……”女生的回答带有明显的失落情绪。

“对。”边景行脖子一收，缓缓点了点头。单刀直入，越是简略的回答越能够快捷地解决问题，秉承着这个思想，他的回答自然是能省则省。

就在这个时候，一个女生从教室外走进教室，她穿着一件刺绣夹克，双手揣在兜里，口里嚼着口香糖，从边景行旁边走了过去，两人视线交错的一瞬间，她的眼睛微微一眯。

“诶，蓝伊你等等。”

女生突然开口喊出了一个人的名字。听到这个名字，边景行本就僵硬的身体血液流动又减缓了三分。他注意到了女生视线的方向在自己的身边，难道说……刚刚那个从边景行身侧走过，正准备进教室的女生，就是张蓝伊。

“怎么了？”张蓝伊止住脚步，开口问道。

“这个人……”女生拇指捏住了食指，露出了食指前端的第一个骨节，轻轻指着边景行，“这个人，他找你。”

“啊？”张蓝伊一撩自己齐脖的短发，将其掖在耳朵后面，半仰起头看着边景行，“你谁啊？”

“额……”边景行嘴巴半张着，不知道该怎么回话。在他的计划当中有着无数种回复的方式，可是不管哪一种都没有预料到张蓝伊会是这样的反应。这个张蓝伊跟自己猜测中的样子差太多了。

“说话啊。”张蓝伊嚼着口香糖，抓了抓头发，柔顺的发丝顺着额头垂下，平添一股英气。

“久仰大名，这次就是来看看，后会有期。”慌乱之下，边景行随口胡诌了几句话，然后落荒而逃。

张蓝伊眉毛一拧，弄不清楚边景行到底是想干什么，他甚至连边景行的名字都不知道。

“这人，是我们学校的学生吗？”张蓝伊指着边景行逃开的背影，对着坐在门口的那名女生说道。

“应该……是吧？”女生的回答也不是很确定。

张蓝伊用手指指了指自己的脑袋，然后摇晃着手指，“我们学校还有这种弱智学生？看来是要完了。”

这小插曲一般的故事并没有在张蓝伊心中留下多深的痕迹。上午的时间一瞬而逝，当下课铃声敲响的一刻，张蓝伊长出了一口气，整个人几乎瘫在了桌上。她用力抓了抓自己的头发，突然觉得肚子有些饿了。

“青黛。”张蓝伊拍了拍前排女生的肩膀。

“啊？”柳青黛扭头，手上动作不停，将刚刚上课的书本和笔记收拾到了桌里。

“青黛，你中午吃什么？”张蓝伊一脸的期待，“要不然我们去学校外面吃吧？”

柳青黛摇了摇头，“我还是去食堂吃饭。”

“啊？”张蓝伊故作失落，“食堂多难吃啊，陪我出去吃吧。”张蓝伊从椅子上站了起来，站到了柳青黛的旁边。

柳青黛转头对着张蓝伊笑了笑，“不去。”

“切。”张蓝伊一摆手，双手一揣兜，洒脱地走出了教室，看来今天又是只有自己了。她走在走廊上，正盘算着自己中午该吃些什么的时候，突然听到身后好像有人在喊自己的名字，声音略小，但感觉距离听起来却很近。她转身一看，发现这正是上午来找过自己的那个人。

“张蓝伊同学，你等等。”边景行跟在张蓝伊的身后喊着她的名字，但是声音却又不敢变大了，怕有人误会。

张蓝伊站在原地，饶有兴致地看着边景行，待到边景行站到面前时，开口说道：“这位同学，不管你找我干什么，先说自己的名字，这个礼仪总该有的吧？”

“啊，对。”边景行先是一愣，然后说道，“我叫边景行，是4班的，目前是学生会的一员，家住……”

张蓝伊不知道眼前这人是个什么情况，整个人表现奇怪，又说着一些奇怪的话，不知道他的目的是什么。

“行了行了……”张蓝伊闭眼一挥手，有些不忍直视，“我只是问问你的名字，又不是查户口的，你没必要把自己所有的情况都告诉我，没那个必要。”

“是，是。”边景行连连点头，话都说不利索了。

“说吧，找我干什么？”

“对了，是这样的。”边景行有些高兴，因为对话终于回到了他计划的那条线上，“最近学校不是要开一个晚会嘛，我知道你的编曲水平很高，我想麻烦问一下，你能不能……”

“不能。”张蓝伊右手从前到后整个梳理了一把自己的头发，微笑着打断了边景行的话。

“啊？”边景行愣住了。他也想过张蓝伊会拒绝的可能性，也做过相应的准备，只是他没想到张蓝伊竟然会连他的要求都没有听完，就一口回绝。

张蓝伊叹了一口气，看着边景行语重心长地说：“我的水平已经远远超过同期的这些高中生了，这个晚会要是我参加了，他们的节目还怎么看？”

“额……”边景行对于张蓝伊的这个回答感到无奈，他不知道这话到底是真是假，不过下意识地猜测，张蓝伊多半是在瞎说。

张蓝伊扑哧一笑，“行了，不逗你了。实话告诉你吧，我就是不想参加，就这样，再见。”挥手跟边景行告别到拔腿就走，整个告别流程无比顺畅，边景行从没见过这么雷厉风行的女生。这果断的拒绝反而激起了边景行心中的倔强，他还就是要让张蓝伊来到自己的乐队。他也没有其他的计划，就只是一个词——软磨硬泡。

自那之后，边景行连续每节下课后都去张蓝伊的班级门口让人帮他叫张蓝伊出来，一来二去地，6班所有人都知道了有边景行这个人。

“蓝伊，那人又来了。”

“知道了。”

刚下课，张蓝伊趴在桌子上正想补觉，不过两分钟，她就又听到了这样的信息。边景行觉得自己的坚持一定会有成效，可是张蓝伊还偏就是不吃这一套的人。边景行的这种行为在她眼中就是赤裸裸的威胁。你不答应是吗？那我就磨到你答应。在张蓝伊的心中，她猜边景行可能就是抱有着这样的想法。

张蓝伊下了决心，你不是认为一定能打动我吗？那我就让你看看，你一定打动不了我。

两天过去了，边景行依然每天下课都跑去张蓝伊的教室门口叫她，可是他的积极性已经大不如前。张蓝伊是最好的人选，但却不是唯一的人选。要是今天再不行的话，就换人吧，边景行心想着。他这几天放学也去全校学生资料中翻找了一下，确实也有几个勉强还行的人，不过履历都没有张蓝伊来得好看。

站在6班门前，边景行垂头轻叹了一口气。突然一个人站在了自己的面前，遮住了眼前的光亮。

他抬头一看，出现在眼前的竟然是他苦苦哀求了两天的张蓝伊，“你……你……”

“我怎么了？”

边景行好不容易将舌头给捋直了，“你同意给我们编曲了？”

“那倒也不是。”

“那你出来是想……”边景行问道。

“我编曲的要求可是很高的，你们乐队要是实力不济的话，我可是不会给你们编曲的。”张蓝伊环抱着双臂，对着边景行笑道。

虽然对张蓝伊前后陡变的态度有些疑惑，不过边景行只当张蓝伊是被自己的坚持给打动了，没有想太多，“没问题，今天下午放学，就让你看看我们乐队的实力。”

放学后，张蓝伊回到家，将书包随手扔到了沙发上，整个人也顺势倒在了沙发上。没过一会儿，她的电话响了。

“喂……对，是我……行了，你说的事我记着呢，你那个什么师傅，弹吉确实还行，不过他那个搭档，架子鼓就打得不怎么样了。对了，我还听说他们乐队里还有一个主唱，这个你知道吗？也不知道那个主唱水平怎么样，会不会毁了我的歌，说一遍就够了，我做的每首曲子都是很用心的，记住，欠我一个人情啊，好了，挂了啊。”

挂断电话，张蓝伊脑袋枕在双手上，整个人倒在沙发上，仰面看着天花板。想着昨天的事，忽然觉得人生有时候真是充满了戏剧性。

就在昨天，她弟弟来她家玩，姐弟俩在聊天的时候，她突然说起了边景行的事情，就随口提了一下他的名字。她弟弟林正青却像是疯了一样问她这个人的细节，在知道情况之后竟然还要求她帮助边景行编曲。她知道自己的弟弟是一个什么样的人，这样无私帮助他人的事，她一次也没有见她弟弟做过。

“你发烧了？”张蓝伊用手背试了试林正青的额头。

“什么呀。”林正青拨开了张蓝伊的手，“我现在清醒得很。”

“那你怎么了，这么帮他？”张蓝伊有些不理解，心中无尽的好奇之火正熊熊燃烧着。

林正青一反常态地叹了一口气，“他也是个可怜人啊。”

“什么呀。”张蓝伊“切”了一声，“小孩子不许喝酒。”

“我哪儿喝酒了。”林正青涨红了脸，尽力反驳着。

“那你刚才说的什么醉话？哦，对了。”张蓝伊右手握拳，一捶左手，“我最近知道个词，叫中二病，你是不是也中二了？”

“少在这儿瞎猜了，我就是想帮帮他而已。”

“那我能知道为什么吗？”张蓝伊端正了态度，一本正经地问道。

林正青也一本正经地摇头，“不能。”

“鄙视你。”张蓝伊一脸鄙夷。

“无所谓。”林正青半仰着脑袋，一点都不在意，“只要你帮我这个忙就好。”

“帮忙没问题，人情你可得记好了，我可帮过你一次。”张蓝伊伸出了一根手指，在林正青面前不停地摇晃。这人情的巨大价值，让她不去刨根问底。

林正青被晃得烦了，“知道了，人情一次，我记住了。”

张蓝伊脸上露出了十足的笑容，双眼与嘴唇弯成了三道月牙。

新的事件

实验楼五层，走廊尽头的教室里，特殊事件调查小组的四人齐聚。四个人围坐在小圆桌旁的四把靠椅上，表情严肃。桌面上摆放着一张试卷，这张试卷正是学校前不久刚举行的能力提高测试的试卷，是高二英语科目的。不过整张试卷跟一般的试卷有些不同，卷子上所有的问题没有一丝回答的痕迹，要单是这样就可以很简单地将其归为交白卷这一范畴。但是这张卷子却又不是白卷，洁白的卷面上，有着一只比常人手掌大50%的掌印，这掌印骨节突出，掌身稍小，不像是手掌盖上去的，更像是一只只有骨头的手盖上去的。

阳平清了清嗓子，说道："这件事是下午一个叫丁鹏的老师向我反映的，他下午正在浏览这次英语能力测试的成绩表，突然发现一个平时成绩很好的同学，考试成绩竟然是0分，他觉得很奇怪，于是去教务处申请调取这个学生的卷子出来看看，结果就是这样。"阳平用下巴一指桌上的试卷。

李思水指着卷子上答卷人的姓名问道："这答卷人叶文笑是个什么情况？"

"叶文笑是丁鹏的学生，平时成绩很好。"阳平视线向上，脑子里回忆着丁鹏告诉他的情况，"他也去问过叶文笑，叶文笑再三确认自己是答过题的，并且所有的地方都写满了，可是不知道为什么，现在会变成这个样子。"

江柯突然伸出手指在桌面上敲了敲，"他所说的写满应该是指的答题卡吧，答题卡呢？”

阳平白了江柯一眼，掀起试卷，“答题卡在这个下面。”

江柯挑了挑嘴唇，拿起答题卡左右观察着，整张答题卡确实除了最上面填写准考证号与姓名的地方，其他地方一片空白。

“这准考证号和姓名是叶文笑自己填的吗？”江柯问道，“要这也是他自己填的，那这答题卡上的字还真是自己消失了？”

阳平摇头，“这个倒不是，丁鹏说他把这张答题卡给叶文笑看过，叶文笑说这上面的根本就不是他的字迹。”

“这一切看起来就像是有一只不知名的鬼手在暗处操纵一样，调换了他的试卷。”

李思水冷笑一声，“有一只手倒是肯定的，只不过是人是鬼就说不定了。”

此刻，江柯像是想通了些什么，猛地抬头看向了李思水，问了一句有些奇怪的话，眼神也变得不同了起来，“思水……你想到了吗？”

李思水知道他在说些什么，咧开嘴巴笑道：“看样子，我的激将法还是起了作用。”

“你是说，关于学校广播的事？”阳平想到了油画事件时，李思水告诉他的计划，当时对于用学校广播通报这起事件，他本来是拒绝的。可是在听了李思水对怪人的心理分析，以及接下来的计划时，虽然对可行性存疑，不过他还是勉强接受了这个提议。现在看来，这个计划生效得比预料中早很多。

“这起案子从作案的手法上看，跟那个人如出一辙。这种故弄玄虚的手法，惩罚他人的犯案目的，无一不是他的作案风格。”李思水语气兴奋，脸上的肌肉十分用力，即使没有任何人询问他，他也要将自己的推论说出来，“别看这个叶文笑平时成绩好，说不定私下里在干些什么见不得人的勾当。”

“会不会这只是一些看不惯叶文笑的人搞的恶作剧呢？”江柯说出了一个猜想，“毕竟成绩好的人总是有人嫉妒的嘛。”

“这不可能。”阳平摆手道，“我是学生会的，对这些有一点了解，试卷在考试完毕，会由两名监考教师直接带到机房进行扫描，学生根本没有单独跟试卷接触的机会。”

“这起案子只会是那个怪人干的。”李思水斩钉截铁，不容他人质疑，“这起案子的作案手法肯定没有想得那么简单，他要不然是用了什么我们没有想到的手法，要不然就是真的操纵了鬼怪。虽然后者的可能性会低很多。”

很快，江柯便做出了一个推断，“那按照怪人的一贯逻辑，这个叶文笑肯定是有问题的了。”

“那这样的话，我们就应该派人去调查叶文笑了。”阳平往身后的椅背上靠了靠，表情有些凝重，“这个叶文笑在6班，可是6班我也没有认识的人啊，这件事好像有些难办了。”

“景行，你最近是不是跟6班的人走得比较近啊？”江柯像是突然想到了些什么，顺口说了一句。

边景行原本还在神游天外，被江柯这一句话直接拉回到了现实。他只隐隐约约听到了“6班”的字样，心中一惊，垂下了头，语气结巴，“6班……诶……好像是吧……6班……对，我最近常去。”

江柯不知道边景行到底在结巴什么，不过他也没有在意，他只听到了边景行确实经常去6班，那这样的话事情就好办了。只见他指向了桌面上的试卷，说道：“既然这样的话，那就由你去调查一下这个叶文笑的情况吧。”

“啊？”边景行脑子一懵，什么叶文笑？刚才他一直在走神，根本就不知道江柯他们在讨论些什么，不过现在又不能发问，会让人觉得他根本就没有听人说话，这样很不好。所以也就只得先应允了下来，事后再去问其他人。

“嗯，好的。”边景行点头。

“那景行去调查叶文笑，我们几个人干什么？”江柯指了指自己，眼睛中闪着光，他这是摆明了对这起案子极其上心。阳平也随着江柯的视线望向了李思水，身为学生会的副会长，现在又成立了这么一个特殊事件调查小组，这些事情是必然要他来负责的，虽然名义上他是小组的负责人，但实际负责小组内调查任务分配工作的却是李思水，眼下他对于李思水的安排倒有些期待。

“这样吧，既然景行去调查叶文笑班级情况了，那江柯你就跟阳平一起去调查一下跟叶文笑有关的学校关系吧。我总觉得这起事件背后肯定还隐藏着什么东西。”

“烦琐无聊的事情都安排给我们干了啊。”江柯颇有些不满，“那你干吗？”

“上一案还有些疑点没有解决，我准备去调查这件事。”李思水一脸正经地回答着。

“油画事件不是已经了结了吗，还有什么需要调查的？”阳平插了一句。

“自己去调查有趣的东西，把所有无趣的活全推给了我们。”江柯的不满则变得更深了，他看着李思水，伸出两个大拇指，用力向下一指，“鄙视你。”

李思水微笑着，并没有回答。

潜入监控室

“你做这种事情真的不害怕吗？”

深夜，两道人影潜伏在学校的外墙，李思水自然是其中之一，而刚才开口说话的，就是同样在身旁的李宝瑟。跟李思水兴奋的表情不同，李宝瑟的表情一直都很淡然，仿佛天大的事情都不会令他的神色有丝毫动容。

“我现在全身像被火点燃一样的兴奋，有什么好怕的？”李思水的表情很亢奋，这种只要被抓到就是记过的事情，让他体内的肾上腺素极速分泌，兴奋得像一只随时准备冲出栅栏的斗牛。而且他现在还是学校记过名单上待记过的人物，被发现之后那惩罚则更是不得了。

李宝瑟觉得李思水似乎理解错了自己的意思，于是解释道：“我说的不是心理层面上的害怕，而是物理层面上的害怕。”

“什么心理层面、物理层面的？说清楚点。”

跟李宝瑟认识这么久了，但有的时候还是无法了解他的脑回路，李思水在排除了自己理解能力低下这个错误选项之后，得出了他思维实在是太过跳跃这个答案。

“我的意思是说，你对于当前执行这项行动时的心理紧张因素肯定是没有的，但是对于执行这项行动被发现后所受到的客观层面上的惩罚，不知道你做好心理准备了没有？”李宝瑟尽量让自己的话听起来简单一些，可是结果似乎失败了。

“我这次的计划很完美，一定不会被学校发现的，所以你说的警告啊、退学啊一类的事情，根本就没在我的考虑当中。”李思水费了很大的劲儿才理解了这句话的意思，“再说了，我也是被警告过要退学的人了，这些都是小意思。”

“哦。”李宝瑟平淡地回了一句。

这气死人的回答让李思水想举起拳头狠狠地揍他一拳，正准备挥拳时，李思水意识到之后还得靠他调查监控录像，在心中默念着无数遍“冷静”之后，李思水的心情稍稍平和了一些。

“宝瑟，你的表情就不能更兴奋些吗？”李思水看着李宝瑟的死鱼脸，颇有些无奈，不过他也很难想象李宝瑟兴奋起来到底会是一个什么样的样子。好像自从认识李宝瑟起，就没见过他兴奋的样子，一直以一副谦和平淡的样子示人。

“这实在是很难让我兴奋得起来。”李宝瑟没有任何多余的动作，只是淡淡地回应着。

李思水叹了一口气，李宝瑟的回答早在意料当中，可正是这意料当中的答案，才让人不得不叹气。

李宝瑟是李思水的初中同学，现在跟他不在同一所高中，但是两人的关系却一直保持得非常好。

李宝瑟这个名字初听起来有一些奇怪，但是却说不上来哪里奇怪。其实宝瑟的意思就是瑟，瑟是一种乐器，宝瑟就是瑟的美称。他的家里是一个音乐世家，给他起这样的名字，自然是希望他能够继承家业，走在音乐的道路上。

可是哪想到李宝瑟根本对钢琴八十八个琴键的变化不感兴趣，也无心在由五线谱构成的音乐世界里留下脚步。他的目光放在了这个世界上只有真正的天才才有资格一窥巅峰景色的东西身上——数学。

就是这样一个人，在李思水认识他时，他不仅在数学方面走到了李思水根本看不到的位置，顺带将计算机也使用得炉火纯青。

这次带他来也有着这样的考虑。

市一中的监控装得并不密集，早就知晓了各处监视器位置的李思水小心地在监控的死角下带着李宝瑟前进。

有了提前准备，两人在学校里长驱直入，视若无物。计划的前半段进行的非常顺利，在他们摸到办公楼门口的时候，一道预料之中的障碍将他们拦住了。

平时进出办公楼时有阳平的带领，自然是快捷无比，可是此次潜入却第一次觉得这大门让人感到厌烦。

“这门你应该有处理办法吧。”李宝瑟站在主楼门口往里望着，门口里面，左右各有一个监视器，虽然看不见门口外面的人，但是任何一个想要进入主楼的人，都无法逃过它们的监视。两个监视器从外部根本就看不见，而且从外部也没有任何办法可以接触到两个监视器，所以无法提前对两个监视器进行什么类似技术上的屏蔽，几乎是一个无解的局面。

“现在整个学校除了我们两个，应该就只有门口保安室那两个保安了吧？”李思水自我确认般地问道。

李宝瑟白了他一眼，“我怎么会知道，我又不是你们学校的。”

“你照常理推断一下，不就能得出这个结论了吗？”李思水尽全力在做着尝试。

“不想在这上面费脑子。”李宝瑟的回答在李思水的意料之中。

李思水掏出了手机，咧开了嘴巴，露出无声的笑，同时右手在手机屏幕上按了下去。

三秒之后，李宝瑟没有察觉到任何的变化。

“你干什么了？”

“我把学校的电给掐了。”李思水笑了笑，“监视器已经没电了，十分钟，够我们进去了吧？”

李宝瑟瞬间明白了李思水的计划。他刚才应该是通过某种方式让整个学校短路，供电房超载然后自动断路，监视器没电之后自然就无法工作。现在那两名保安应该已经接到警报去供电房查看情况了，而像这样的超载，不仔细查看的话根本查不出什么痕迹。至于为什么要用这么麻烦的办法，李宝瑟还不知道原因，不过他知道李思水肯定有着自己的考虑。

李思水从背包里掏出电磁干扰装置，定向的强磁破坏了电子门锁内部电子元器件的运作，门锁一下子就被打开了。

两人走进了办公楼，就在这个时候，李思水突然站住了脚步，面带邪笑地看着李宝瑟说了一句话，“你明天早上不会急着要赶去学校吧？”

李宝瑟看着李思水，表情没有任何波动，李思水知道他肯定已经猜到了自己接下来想干的事情。

“怎么，你还想把我关在这里面吗？”

“正是。”

说完，李思水就开始动手修复起门锁，而站在一旁的李宝瑟带着万年不变的淡然表情看着他。

“我希望你能给我一个解释。”

李思水半开玩笑地说道：“你不会猜一猜吗？”

“不想在这上面费脑子。”

“你太无趣了。”李思水撇了撇嘴，“我觉得我们在主楼待到上学是最安全的处理方式。”

李宝瑟给了他一个继续说的眼神。

修完门锁，李思水看向漆黑的走廊深处，目光深邃，仿佛一切尽在掌握中，“发生这种停电事件以后，不管保安会怎么想，我们都要防范他们可能的全校巡视。只要他们哪怕警觉程度稍微高一点，发现主楼大门被人破坏，我们就死定了。所以我们何不等着他们明天自己来给我们开门呢？”

“算你说服我了。”李宝瑟点了一下头，伸手往一片黢黑的办公楼里一指，“前方带路。”

李思水“啧啧”了两声，没有说话。这次深夜潜入监控室，也是他的无奈之举，自从那次被保卫科赶出监控室之后，监控室在白天就常驻了一名保安留守，这摆明了就是禁止他们再来调取监控录像。能够做到这一点的人不多，而需要去这样做的人就更少了，其中隐藏的含义就值得人去回味了。

两人很快来到监控室，发现晚上这里根本没有人值班，这也在李思水的预料之中，从他调查的信息来看，他觉得学校监控室可能有些不一样的地方，这才导致了前面那么多大费周章的行动。

时间已经不多了，监控室第一层的门用的是防盗门普遍使用的机械式门锁，没几下就被李思水捅开了，第二层的密码锁也被他从阳平那里要来的密码弄开了。

“看你这手艺，以后去当个怪盗绰绰有余了。”李宝瑟揶揄了一句，“不仅精通开锁技巧，看来连社会工程学都炉火纯青，连第二层的密码都弄到手了。”

李思水严正抗议道：“我可是站在正义这一边的。”

走进监控室，李宝瑟从背包里拿出了笔记本电脑，熟练地将笔记本电脑与学校的监控网络相连，手指在键盘上飞舞着，在大屏幕上观看监控视频，是一个极其危险的行为，为了以防万一，他让李宝瑟带了电脑来入侵学校的监控网络。李宝瑟将全部的精力都放在了入侵监控系统里，他的表情沉稳如山峦，给人一种很安心的感觉，只要看着这沉着的脸庞，就让人觉得很可靠。

“咦……”李宝瑟突然发出了疑惑的声音。对于这起案子他虽然不知道全貌，但是李思水也还是告诉过他一些，其中关于监控这方面的情报，更是多次听李思水提起。平时没事的时候，他也会经常想想那个怪人到底用了什么样的方法让油画突然出现在了监控视频中。眼下这个机会，则是给了他全方位验证自己想法的机会，就在他验证其中一个想法的时候，突然发现了异常。

听到了李宝瑟的声音，李思水的心下意识一沉，问道："怎么了？"能够让李宝瑟有这样的反应，看样子事情不简单。

"你看看这几段录像。"说着，李宝瑟就将笔记本电脑的屏幕往李思水的方向一转。

视频播放着，李思水看到了李宝瑟给他循环播放的监控片段，他此刻整个脑袋就像疾驰在高速上时速200公里的大卡车一样，根本停不下来。

"要是用这个方法的话……"

李思水正准备继续翻看录像，就在这个时候，他突然听到了逐渐变大的脚步声。

删除录像

“快躲起来。”

随着耳边的脚步声越来越大，李思水连忙招呼李宝瑟拔掉电脑。他没有想到保安竟然会进办公楼来检查监控室，看来这又是保卫科新的安排。在将一切都复原之后，另一个问题又随之而来，两人该往哪里去？现在门外有人在靠近，而房间里又只有一个简单的工作台和几把椅子，根本没有任何可以遮蔽身形的地方。

李思水慌了，倒不是他害怕被学校发现而记过，而是他不想害了李宝瑟。

就在李思水万念俱灰准备认命的时候，李宝瑟却突然拉起了李思水的袖子，将他直接拉到了操作台的后面，蹲在了那里。

操作台本身并不高，遮挡的范围也很有限，如果来人只是在操作台前随意干些什么，因为视角关系自然是看不到两人的，可是只要他稍微往操作台旁边一走，两人的身形就显露无疑。

“你这是在干什么？”被李宝瑟拉着躲到了操作台后面的李思水压低了嗓子，他不明白李宝瑟这自欺欺人的躲避到底有什么意义。保安来检查监控室，那肯定是每个位置都要检查到位，怎么会出现两个大活人躲在里面还发现不了的情况。

李宝瑟淡然道："试试看。"

李思水无奈，可是眼下也没有其他的办法了，只得试试看。

"吱呀"一声，门转轴旋转的声音清晰地传入了李思水的耳中，他的心跳鼓动十分剧烈，紧张与兴奋充斥着脑海，他强行压抑着一股想要就这么跳出来看看来人到底是谁的冲动。

来人并没有点灯，反而径直来到了操作台。

一分钟……两分钟……

那人在操作台上操作着什么，突然，他身后的大屏幕一闪，整个亮了起来，而屏幕上显示的正是油画出现时的监控录像。

他这是要干什么？李思水心中冒出疑问。可是很快那个人就用操作告诉了他想要干什么。那个人将鼠标移动到了画面右上角一个垃圾桶样式的图标上，然后轻轻一点。李思水瞳孔猛地收缩，这个人，是想要删除监控录像。

想要删除录像的人会是谁？"怪人"二字几乎是一瞬间就冒了出来。李思水肩膀一顶，正想要冲出去抓住这名正在删除录像的怪人。可是李宝瑟又将他拉住了，对着他缓缓摇头。李思水心里无比焦急，他想向李宝瑟解释他的用意，可是却又不敢发出声来。两人就这么在僵持之中，看着那人删掉了所有的监控录像之后，从容离开了。

"你想干什么？"那人走远之后，李思水甩开李宝瑟拉着他手臂的手，挺直身子，对着他怒目而视，"你也肯定想到了吧，刚刚那人80%的可能就是怪人。你不让我出去抓怪人，到底是为什么？"

"思水，你刚才是被兴奋冲昏了头脑了，我反倒认为那并不是怪人。"李宝瑟神色平静，将自己的推断娓娓道来，"你想想看，怪人为什么要删除监控录像？"

李思水被李宝瑟的问题气得笑了起来，"这还有为什么？他肯定是想抹除自己作案的痕迹啊。"

“既然是抹除作案的痕迹，他为什么不在案子开始的时候抹除，反而要在整起案子都已经了结的时候来抹除呢？”李宝瑟顺着李思水的回答，一路深问下去。

李思水双手叉腰，不停地喘着粗气，没好气地回答，“他不就是想让我们不能根据作案的过程，来推断他的手法吗？”

“不对，不是这样想的。”李宝瑟摇头，“这个删除录像的时间点，十分诡异。”

李宝瑟这么一提，李思水也注意到了。照理来说李思水在广播里发出了那样的宣言之后，在怪人看来，李思水正是因为无法从第一起案子的线索推断出怪人来，所以才发了那样的宣告。这就说明了那些监控，其实在推断第一起案子时并没有派上用场。

而且这些监控怪人肯定注意到了，就算破解了也只能说明怪人的手法，说明不了其他的东西。对于怪人来说，如果有暴露的可能，就应该第一时间销毁，断无等事件结束再来销毁的可能。而且从刚才那人进入监控室的顺利来看，是一个内鬼。

一个学生会中，想阻止他们调查的人。两个条件加在一起，一个经常挂在阳平嘴边的名字闪入了脑海——夏泽宇。

“原来是他……”李思水恍然大悟般地自语着。

李宝瑟听到后笑了笑，“你知道是谁就好，肯定是一个跟你们结怨的人，他并不是怪人。你每次都是这样，总会犯一些短视的错误。”

“热血上头，热血上头。”李思水搔了搔头发，有些不好意思。

“做调查推理，要的是仔细跟冷静，热血上头可不行。”

“行了，知道了。”李思水撇着嘴，“不过这次的调查，倒也不是完全没有收获，至少那个怪人的手法我清楚了。”

“嗯，那就好。”李宝瑟缓缓点头，脸上带着一丝微笑。

“怎么，你对这手法一点都不好奇吗？”李思水问道。

“没什么好好奇的。”李宝瑟背靠着操作台，坐到了地上，“再怎么精妙的手法，那也是人想出来的。不管怎么说，都肯定不会有数学公式来得巧妙，因为那是神的作品。”

李思水也背靠着操作台，坐在了李宝瑟的旁边，他转头看了看李宝瑟的侧脸，舒朗俊逸，温润沉静，在这平静温和的外表下，一点都看不出对数学竟是如此地狂热。

“我发觉你越发像个神棍了。”

李宝瑟淡然回应，“我信仰科学。”

“诶，你说那些科学家，是不是到老了都开始研究神学了？比如牛顿什么的，是科学解释不了世界了吗？”李思水突然想到了自己在书上看到的一个段子，随口说道。

“别的科学家我不知道，牛顿倒确实是在研究神学。”李宝瑟一本正经地回答着李思水的问题，“不过牛顿不是到老了才开始研究神学的，而是他自始至终都没有放弃过神学。”

“你是说牛顿是想用科学来解释神的存在吗？”李思水一下子来了兴致。

“倒可以这么说，”李宝瑟答道，“在牛顿的时代，神学不是一个可选项，而是一个必选项。不过也真是讽刺……”

李思水问道：“讽刺什么？”

“你知道牛顿死后埋在了哪里吗？”李宝瑟反问李思水，李思水想了想，摇头。

“威斯敏斯特教堂。”

听到这个名字，李思水想起来，“这可是伦敦最著名的一座教堂啊，英国国王死了以后就埋在那里的。牛顿是有资格埋在那里的啊，有什么好讽刺的？”

“威斯敏斯特……教堂。”李宝瑟加重念了“教堂”两个字，“教堂是拿来跟上帝做沟通用的，一个毕生想要证明上帝存在的人，却用自己的研究亲手将上帝拉下神坛，开启了科学的时代；一个死后被埋葬在教堂中的人，却亲手埋葬了上帝。你觉得这还不讽刺吗？”

李思水嘴角不由自主地抽动，在他的印象中李宝瑟一直是一个平和少言的人，他没想到李宝瑟竟然能说出这么一番话。扭扭捏捏半天，他才从嘴巴里吐出了两个字，“神棍。”

李宝瑟释然一笑，“彼此彼此。”

详细调查

“蓝伊，你的小男朋友又来了。”

刚下课，张蓝伊就听到了有人在喊她，听喊话的内容，多半是边景行又来了。

“别瞎喊，大家正常同学关系。”

这一段时间里边景行天天来找张蓝伊，高中生又是唯恐天下不乱的一群人，没事都能整出点事来，更别说两人本就真的有事。

来到教室门口，张蓝伊对着边景行一挑下巴，“来干吗？”

“那个，我来找你咨询点事。”边景行说话有些慢，即使跟张蓝伊都已经有些熟悉了，他说话还是有点紧张，看样子跟女生说话就紧张这个毛病，是怎么都改不掉了。

“说吧，什么事？”张蓝伊倒是毫不在意，她本就是大咧咧的性格，不管什么样的说话方式她都能习惯得了，“我事先说好啊，你的曲子我已经在写了，可不要催啊。”

“那个……”边景行话说一半不说了，张蓝伊心生疑惑，她扭头一看，发现全班至少有三分之一的人望着他们俩，更有胆子大的都已经快摸到两人身边想要窃听了。

张蓝伊抓着边景行的手臂，往外一走，“走，我们换个地方说去。”

在张蓝伊抓到边景行手臂的一瞬间，边景行就呆住了，整个人几乎丧失了意识，张蓝伊拉着他去哪儿，他就跟着去哪儿。一直到学校的凉亭处，张蓝伊松开了手，边景行这才稍微有了点意识支配自己的行动。

“说吧，有什么好咨询的？”

“就是……那个……”边景行纠结了半天，才将自己想说的话说清楚了，“你认识叶文笑吗？”

“叶文笑，我同班同学啊，怎么了？”

“就是他这个人啊……他平时有没有……”边景行琢磨了半天，不知道这个词该怎么说。

“有没有什么啊？”张蓝伊急了。

“唉，不好说。”边景行话头一收，又不说了。

张蓝伊翻着白眼，长出一口气，“你说话请说完，这样是要把我给急死吗？”

“没事了，没事了。”边景行挥手道，直接离开了。张蓝伊都没有反应过来，待她意识到的时候，边景行一路小跑，在她的眼中已经只剩一个背影了。

自那以后，张蓝伊总是能察觉到一丝若有似无的视线在教室里来回巡视着，她抬头一看，总是能发现边景行的影子。而现在班上已经有人在看到边景行时捂着嘴偷笑，并且将视线投向她身上了，好像两个人真的有什么似的。这不是一个好现象。

思前想后，张蓝伊决定找边景行说清楚。

放学之后，张蓝伊径直站在了边景行的面前，双手叉腰，带着命令的口气，“跟我走一趟。”说完不等边景行回复，自顾自地走开了。边景行站在原地有些懵，他一开始找张蓝伊只是想问问有关于叶文笑的事情，想着跟女生尝试接触一下，但是后来他发现自己果然不适合跟女生接触，就决定自己调查叶文笑。可是现在他不知道到底是该跟上去才好，还是不跟上去才对。

张蓝伊走了一段之后，发现情况有些不对，她转头一看发现边景行还呆站在原地，于是大喊了一声，“过来。”

边景行浑身一个激灵，跟了上去。他跟在张蓝伊身后亦步亦趋地走着，两人一直走到了学校附近的那个咖啡厅里。在咖啡厅前，边景行还犹豫了一阵，他怕被别人看到了误会，可是看到张蓝伊都那么爽快地进去了，她一个女生都不担心，自己担心些什么。

咖啡厅里开着暖色调的灯，放着舒缓的钢琴曲，本是一个极为放松的地方，可是坐在圆桌两侧的两人，一点放松的心情都没有。

张蓝伊随便点了两杯咖啡，她伸出手，五根手指不停地敲击着桌面。边景行坐在她的对面，神情紧张得就像一个待审的犯人。

“说吧。”张蓝伊故意拉长了尾音，营造出一种压人的气势。

“说……说什么啊？”

“你每天来我教室门口，到底是想干吗？”张蓝伊收回手臂，轻摸着脸颊，似笑非笑地看着边景行。边景行一副紧张到爆炸的样子，完全被她吃得死死的。

“跟你没什么关系。”

“嗯？”张蓝伊从鼻腔里哼出了这个字，身体前倾，“跟我没关系？”

“真的跟你没关系，”边景行急忙点头，“我只是想来调查一下有关叶文笑的情况而已。”

“叶文笑？”张蓝伊放松了身体，眉毛一皱，“你调查他干什么？”

“这个……”边景行犹豫了，虽然这并不算是什么秘密，告诉她也没什么问题，可是本着多一事不如少一事的态度……

张蓝伊轻轻一拍桌子，“哼”了一声。边景行立马就将自己所有的调查计划全都告诉了张蓝伊。

“事情就是这样的。”边景行摸了一把额头上的汗，松了一口气。

张蓝伊摸着下巴，略带思索，“你们是怀疑这个叶文笑有问题，是吗？”

“对，就是这个意思。”边景行连连点头。

“那这就奇怪了。”

张蓝伊的话让边景行感到不对劲，“怎么奇怪了？”

“这个叶文笑在我们班上虽然说不是特别出名吧，但也是很平和的一个人，平时成绩也不错，跟同学关系也挺好的，不像你说的有什么复杂关系的人啊。”

“这样的吗？”从张蓝伊这里收到的情报让边景行疑惑了。张蓝伊根本犯不上骗他，这些情报的可信度极高，那要是叶文笑根本就没有什么欺负人的事情，那就说明这起事件根本就不是那个怪人干的；又或者，李思水一开始关于怪人的一些判断就是错的。这两者不管哪一种，对于这起案子都是极为重要的信息。

想到这里，边景行猛地站了起来，“我有点事，要先走了。”

“行，路上小心。”张蓝伊看到边景行的动作这么急，准是有要紧的事，她端起刚送过来的咖啡呷了一口，轻轻挥了挥手，一点要挽留的意思都没有。边景行也走得直接，转身便走，桌上的咖啡更是一口没喝。

张蓝伊坐在位置上，一口一口地喝着两杯咖啡，眼神复杂，脑海里不知道在想些什么。

鬼手事件

活动教室里，小组四人齐聚。大家互相沟通自己收集到的线索，不过说是沟通，其实最主要的一部分还是由边景行去调查的。

“你确定叶文笑一定没问题吗？”

李思水又确认了一遍边景行的话，在得到边景行肯定的答复之后，陷入了沉思。

“思水，这样看的话，这起案子你觉得会是谁做的？”阳平在李思水的旁边，试探性地说道。

“这样说的话，这起案子就另有其人了。”李思水喃喃道，“可是刚才根据景行所说，这个叶文笑在班里的人缘还不错，他既没有去欺负过别人，别人也没有理由来伤害他啊。”

“思水，你这想的可就有点问题了。”江柯跳出来指点道，“这人缘再好的人，也不可能跟所有人的关系都好，有一两个看不惯他的人，也正常。”

“正常是正常，这嫌疑人也有几个，可是之后呢？我们知道作案手法吗？”阳平提出了一个关键的问题，这个问题把所有人都给问倒了。

李思水看着手中的叶文笑所有的情报资料，脑子里一团乱麻，可是这混沌之中，他又隐隐觉得好像有什么东西被他忽视了。

就在此时，边景行说话了，他严肃地说道：“我认为叶文笑没有做什么欺负别人的事，这起事情肯定是别人为了欺负他做的。”

“看来你是真的很相信那个张蓝伊的话啊。”江柯揶揄道，他用手肘碰了一下边景行，“怎么，看上别人了？”

“你别乱说，”边景行一瞬间紧张了起来，“正经同学关系。”

“景行。”李思水突然叫起了边景行的名字。

“啊？”边景行应道。

“你刚才不是说这事情肯定是别人想欺负叶文笑才做出来的吗，那你能试着推理一下这起事件的过程吗？”

“什么？”边景行一下子呆住了，他难以置信地用手指指着自己，“你说我吗？”

“对，就是你。”李思水点头，“我现在脑子里很乱，你来帮我梳理梳理。”

边景行一指旁边的江柯，说道：“江柯来梳理不行吗？他逻辑肯定比我要清楚得多。”

“江柯不行。”李思水摇头，“他的思维太跳跃，没有一步接一步的条理性，你就试着推理一次吧，没事的。”

边景行张了几次嘴巴，本想拒绝，可是脑海中却不由自主地闪过了一个人的影子。

“好……好吧……我试试。”

“一般案子突破口，无非就是动机和手法。”仿佛是证明自己似的，边景行突然开始了自言自语，而站在一旁的李思水也没有打断他，默默地听着。

“这起案子动机上很好分析，无非就是叶文笑跟某人产生了矛盾，然后被人用这种招数报复，让他无法通过资格考试。之后更是用在试题册上画上一只鬼手的方法来进行挑衅。”

“所有有动机的人已经全部都在这份资料上了。”边景行拿起了放在桌上的有关叶文笑的资料，一边翻着，一边继续说道，“接下来要做的，就是通过手法来排除所有不可能的人选，最后找到怪人。”

李思水点了点头：“分析得不错，然后呢？”

得到了李思水的认可，边景行松了一口气，接下来说的话变得越来越自信，“这起案子的难点，主要就在于怪人到底是如何交换答题卡的。当考试结束，上交答题卡，一直到答题卡进入扫描仪，在这一段时间里，作为一个学生是很难，甚至说根本不可能接触到答题卡的。”

“所以你的判断是……”李思水问道。

“我的判断是，这起案子，一定有老师参与。”边景行的判断很果断，甚至说有些笃定。

“分析的有些道理。”李思水面色平淡，根本看不出是认同还是反讽。

“接下来我们就需要调查这些老师与跟叶文笑交恶的人之间的关系，其中有关系的，肯定最有嫌疑。”

“所有的资料都在这儿了，能看出什么东西来吗？”李思水问道。

边景行摇头。

李思水又继续问道：“关于这个，你是怎么想的？”

“根据刚才那些资料，我就在想，我们怎么才能找到有关系的一对师生呢？”边景行喃喃地念叨，突然他好像意识到了什么，又补充道，“又或者是从刚才的资料根本就看不出来两人的关系？”

“不，”李思水摇头，他仔细地翻看着手中的资料，答道，“能看出来的。”

“怎么看？”

李思水回答道：“你刚才多半是从传统的课业角度去看这份资料吧？如果你从这个角度去看，是怎么也看不出来的。”

“角度吗？”边景行将资料又拿到了眼前，可是无论上看下看，那满满的文字最后都扭曲成了两个字——没用，“那如果不从课业，该怎么看呢？”

“关于老师授课与学生上课这个角度，虽然能够发现一些老师跟学生的联系，不过这都是浅联系，老师是不会因为帮你上过课就愿意帮你这样的忙的。能够帮这样的忙，我觉得交情反倒是其次，最主要的，是必须要有利益关系。”

“利益关系？”

“对，交情是软关系，可以谈的，但是利益是硬关系，可讲的余地很少，只有这个才是让老师做出这种事的真正原由。”李思水说得有些直白，甚至可以说是露骨。

“那这里面的利益关系……”经过李思水一点，边景行立马思考起刚才早已深深刻在他脑海中的资料，没想到还真被他找到了这么一对出来。

“李元跟谢西堂？”边景行试探性地说道。

李思水笑道：“你怎么会认为是这两个人的？”

“李元的父母是市里一家大型企业的负责人，而谢西堂又恰巧跟这家企业有着合作，这应该是有着最基础的利益关系；再者，这个李元在资料上写着他脾气十分不好，而且父母也很宠他，我觉得这才是最关键的地方。这名老师不想自己的项目被取消，所以就稍稍帮了这么一个小忙。”

“那接下来呢，你想要怎么调查？”李思水看着边景行，脸上带着笑，跟刚才阴沉的表情全然就是两副面孔。

边景行没有注意到李思水的表情，自顾自地说道：“接下来，调查的突破口应该在那名老师这里了吧，学生全程没有接触答题卡，只有老师才有机会接触答题卡，我们只需要调查清楚——”

就在此时，边景行突然顿住了，他的大脑里瞬间闪过几个画面，从收卷，到监考的两名老师进行运输，最后直接在外语楼的考试中心进行答题卡扫描。整个过程至少都有两名老师在场的，谢西堂到底是怎么在另一个老师的眼皮底下做到这一切的？难道他买通了另外一名老师？不，他根本就没有必要这么做，而且这么做到的可能性微乎其微。那到底他是怎么做到的？

“你想到了？”李思水环抱起双臂，脸上的表情有了些许的变化。

“你早就想到这一点了？”边景行十分尴尬，因为这推理一直都是李思水让他来推理的，眼下他推理到这么一个死胡同里，他认为这其中有自己的责任。

“刚想到的，也还是托了你的福。”李思水笑道。

听到这里，一直站在一旁的江柯脸上也突然露出了恍然大悟般的笑容，“我也知道是怎么回事了。”

“什么嘛……”边景行不乐意了，“那这起案子到底是怎么回事？不会是真的有一只鬼手偷换了叶文笑的试卷吧？”

李思水一针见血，“问题就出在这个鬼手身上。”

“这鬼手有什么问题？”边景行的脑子已经尽力在转弯了，可是调头的速度还是很慢。

“你不觉得这鬼手出现得有些奇怪吗？”李思水尽力引导着边景行。

“奇怪？并不奇怪啊。”

“首先我们假设李元跟谢西堂就是怪人，这其中能够接触到答题卡的只有谢西堂一个人，对吧？”

边景行点了点头，他似乎有些明白李思水的想法了。

“不知道你注意到没有，叶文笑说他只有答题卡是被换过的，习题册其实是没有换过的，也就是说这个鬼手不是事先画好在将要更换的答题卡上，而是临时画在试题册上。可是谢西堂是一名老师，本来做这样的事情已经很冒风险了，还要往习题册里画一只鬼手，不是增加自己暴露的风险吗？”

有些道理。边景行脑子里不停地想要顺着李思水的思路走下去，可是总有一个地方卡住了，也许这就是自己推理能力的极限了吧。

“增不增加风险其实都可以不谈，问题的关键就在于他为什么要画这么一只鬼手，而且还要以这么麻烦的方式？”

“这……”李思水提出的一连串问题让边景行的脑袋有些不够用了，他能够明显地感觉到自己的大脑在发烫。

“一开始的挑衅说法现在已经站不住脚了，画这只鬼手的只可能是老师，不可能会是学生。但是老师又偏偏不可能会画这么一只鬼手，推理这下陷入矛盾了。”李思水说到这里没有再继续说下去，他觉得自己提示得已经够多了，再说下去就是直接公布答案了。既然边景行靠自己已经推理到这里了，证明他还是有一定能力的，这件案子就让他一个人从头推理到尾，有始有终。

“等等，我还有一种猜测能理顺这些推测。”

果然……李思水期待地看着边景行：“你说说看。”

“其实这件事情，根本就没有所谓的鬼魂，也没有叶文笑所说的报复，从头到尾都是他自己编排出来的。”边景行的眼睛越来越亮，他的语速也越来越快。

“有点意思。”李思水笑着回应，“继续。”

“首先便是这鬼手画的位置，要是为了挑衅的话，直接画在答题卡上不是更好？答题卡是直接就能够看到，试题册却不一定，这个疑点只有叶文笑是作案者这个猜测才能够解决。叶文笑知道自己的父母相信鬼神之说，但是在考试的时候，他又不能直接将鬼手画在答题卡上，收卷老师看见了有可能会拒收他这张卷子，他不能冒这个风险。所以他就将鬼手画在了试题册里面，他不知道自己的父母会不会调查原卷，不过只要他打死不承认没有做题，他父母为了确认，就一定会调查原卷，之后就可以顺利地实施他的计划，让他的父母知道试题册里面有一只鬼手，出于对鬼神的敬畏，他的父母不会深究此事。这样就达到了他的目的。”

推理到这里，边景行猛地有一种豁然开朗的感觉，原来做出这样的推理是如此地畅快，竟然让他莫名有一种上瘾的快感。他说不清楚这是推理带来的，还是自己一直以来的愿望实现带来的。

“之后调查的方向就又要改变了，从动机到手法，接下来又要调查叶文笑这么做的动机了。”

“很不错啊，我也就想到了这一步。”李思水满意地看着边景行，“虽然一开始走了一些弯路，要是你早点想到交换答题卡这一关键点，就不会去思考到底哪个人会跟老师有关系，也就不会纠结成那个样子了，眼光还是得放得稍微长一些。”

李思水接着问道：“动机调查有什么方向吗？”

边景行越说越自信，“从他拒绝参加资格考试来看，他肯定是不满父母这样的安排，这样说来，他肯定是有自己的安排，接下来只要从这方面入手，相信就能够找到相应的证据。”

“很好嘛。”李思水侧过头对着阳平说道，“看来我们特别事件调查小组里又发掘出了一名干将啊。”

阳平眯起眼睛，双手插在兜里，“先别高兴这件事了，晚会可是没几天了，你们准备好了吗？”

听到这件事，三个人同时一愣，李思水跟江柯的视线同时落在了边景行的身上，两人一齐说道：“曲子呢？”

“你们别急，我去找她去，找她去……”

开始排练

随着晚会时间的日益临近，边景行三人也开始慢慢排练起自己的曲子，每天放学之后，从活动教室里总会传出一阵乐器声。

“江柯真不够意思，跑得太快了。”

刚从活动教室的苦海中脱离出来的李思水跟边景行两人，立马就开始了针对江柯请假逃避排练行为的鄙视。边景行也有些后悔自己为什么找上了张蓝伊做自己的编曲，张蓝伊这个人做事十分认真，甚至认真到了苛刻的地步，她对于边景行三人的演奏与歌唱，有着极高的要求，江柯接受不了她的高压，更是三番四次地请假，妄图逃避练习。可是每一次请假之后，第二天张蓝伊就会变本加厉地让江柯练习。在边景行看来，其实就是把两天受的苦放到一天来受了，他认为这是等价的。可是江柯却不这么认为，一天受苦总好过两天受苦。

排练就这么有条不紊地行进着，李思水跟边景行在路上随意地聊着些什么，突然边景行感觉到袖子一紧，他发现李思水正拉着他的袖子，他侧眼看去，李思水的眼睛正瞅向不远处的一个地方，顺着李思水的视线一瞟，他发现就在他的前方，有一道人影，觉得特别熟悉。他揉了揉眼睛，想看清这是谁。

“这人，是不是叶文笑？”李思水开口点名了这人的身份。

这时候边景行才想起来，这人跟叶文笑特别像，他问向李思水，“好像是他，怎么了？”

“跟我走，”李思水先一步跨了出去，“去问他些事情。”

“诶，什么事情啊……”

李思水没有回话，他迎面对着叶文笑走了过去，就这么径直站在了他的面前，挡住了他的去路。

“对不起。”叶文笑低着头道歉，他没有看路，以为是撞着人了，想要绕过这人，可是这人却像一座山一样，跟着他移动的方向而移动。此时就算是再怎么迟钝，叶文笑也该知道这两个人是冲他来的。

叶文笑抬起头，露出敌意的眼神，“什么意思？”

李思水嘴唇微翘，说清楚了自己的来意。但是在说明了来意之后，叶文笑的眼神却变得更加具有威胁性。

“不是说这件事就这么算了吗，那个丁鹏还真是多管闲事。”叶文笑的语气很是不满。

李思水答道：“这也不叫多管闲事，我猜他可能是想帮你伸张正义吧。”

“瞎伸张什么正义，都不问问当事人的意愿吗？”

李思水没有回答他碎碎念一般的问题，转而说道：“原本我还在想我们的推理到底有没有问题，不过看到你现在这样的表现，我算是确定我们的推理一定是正确的了。”

“看你背后的吉他，你其实是想走音乐道路？”边景行突然开口说道。

叶文笑嗤笑了一声，“什么音乐道路……只是兴趣而已。”

“难道你这么费心费力地做出这样的计划，不是因为你想要追求自己的理想吗？”边景行追问着。

“追求自己的理想倒是没有错，但是谁告诉你我的理想是音乐了？”叶文笑嘴角一挑，泛起一丝嘲弄的情绪。

“那你的理想是……”

“我的理想嘛……”叶文笑抬起头看着天，做出一副深深思考的样子，“我的理想就是不想变成我父母理想中的我而已。”

“叛逆期吗？”

“我早就过12岁了。”叶文笑出乎意料地进行了反驳，“你说人为什么会有理想呢？”

边景行答道：“大概是因为自己喜欢吧。”

“可是又为什么会喜欢呢？”

“这我怎么知道。”

“在我看来，这理想不过是你想逃离父母给你安排的生活，而故意臆想出来的一种自我满足方式。”

“挺复杂呢。”边景行摆了摆头，表示不理解。

“不理解就算了，你没有慧根。”

“所以他出不了家啊。”李思水帮着愣住的边景行圆了个场，随即又问道，“你为什么会告诉我们这些？”

“这个嘛……”叶文笑抬头，半认真半随意地思考了一会儿，“这算是给你的奖励吧。”

“奖励？”

“找到了真正的始作俑者，总得有点奖励，来犒劳你这么辛苦的调查推理过程吧。”

“你怎么知道我们辛苦的？我可没说吧。”叶文笑的说话方式实在是有趣，李思水还想跟他多聊一会儿。

“猜的。”

叶文笑捧腹哈哈大笑了起来，李思水明白他为什么笑，不过也并不点明。

待到叶文笑离开以后，李思水看着边景行紧皱的眉头，笑了笑，“想什么呢？”

“我刚才竟然莫名地觉得，他的话好像有点道理。”

“有什么道理？”

“你说我到底是因为喜欢音乐，而追求呢，还是因为追求音乐这个东西，可以让我跟父母有所不同，而追求呢？”

“你还在想这个呢，”李思水无奈地摇了摇头，“这些话都是他瞎说的而已。”

边景行一惊，“什么？瞎说的？？你怎么知道？？？”一连三个问句表达了边景行的震惊情绪。

“稍加分析，不难得出。”李思水娓娓道来的样子，让边景行恨不得打他一顿。

“别拽了，快说。”

李思水白了他一眼，说道：“首先就是叶文笑这个人的性格，能设计出这么利用人心计谋的人，你觉得他会是一个简单的人吗？就是这样一个人，他告诉你，因为你破解了他的计谋，所以他给你一个奖励，你觉得合理吗？”

边景行点头道：“我觉得挺合理的啊。”

“哪里合理了？你以为打游戏呢。”李思水摇了摇头。

“这样的人，对于自己设计的计谋是有着非常强的自信心的。可是这在他看来完美的计划，却被我们给破解了，他肯定不甘心。所以刚才那一番话，就是他的好胜心在作祟，强行扯这么多有的没的，就是想戏弄我们而已。不，不对，应该只是戏弄到了你吧。”

李思水奸笑地看着边景行，边景行觉得事情的真相好像真的就是李思水推测的那样，他心虚地回道：“我这叫内心敏感。”

“乱说。”

“哪有。”

两人渐渐朝着学校大门走去，大门外有一辆汽车早就在等着边景行了，今天是早就说好的家族聚会时间，他们一家三口今天要在外面吃饭。坐上汽车，边景行的眼神变得愈发坚定了。

摊牌

吃过饭回到家后，父亲边嘉毅径直回到卧室休息去了，母亲在一楼厨房热牛奶，睡前要喝一杯牛奶，是她一直的习惯。

边景行没有直接回卧室，反而是站在厨房门口，扭扭捏捏的，欲言又止。

李芙早就注意到了站在门口的儿子，于是开口问道：“你想说什么就说吧。”

“妈，”边景行凑了过去，“就是……”边景行脸色为难，怎么都说不出口。

“有什么话快说啊，你这样我也很着急的啊。”

“那我说了啊。”边景行确定地说了一句，给自己鼓着劲，“我大学不想出国留学了。”

说完，边景行就紧闭双眼，准备迎接母亲一番狂风暴雨似的呵斥。可是预料当中的呵斥并没有到来，他睁开眼睛，看着母亲正拿着杯子，一口一口地喝着牛奶，神色如常。

“妈，你就不骂我？”

“我骂你干什么？”

“我可是说我不想出国留学啊。”

“不想考就不考吧。”母亲的回答远比边景行想的直接，“你到时候直接去接手公司也不是不可以，就是学历有点低了，得从底层做起才有威信。”

“妈。”李芙看着边景行奇怪的表情，有些不明所以。

“我的意思是我不想接手爸的公司。”

“什么？”李芙的声音一下子高了八度，手里拿着的牛奶杯差点掉到了地上，“我刚才好像听见你说你不想接手公司，是我听错了吧？”

边景行苦笑道：“你没有听错，我是这么说的。”

“那你不接手公司你想干什么，出去要饭吗？”

“我想弹吉他。”边景行决定先探探母亲的口风。

“弹吉他？”李芙气得都笑了起来，“你没疯吧？”

“妈，我认真的。”隔开了母亲伸过来想要摸自己额头温度的手，边景行颇有些无奈。

“行了你别说了。”李芙摆了摆手，“这件事就此打住，别让你爸听见了，要不然你就惨了。”

边景行低垂着头，没有应声。李芙将手中剩余的牛奶一饮而尽，又提醒般地问道：“到底听见了没有？”

“嗯。”边景行低沉着声线，哼了一声。

李芙以为这事情本就这么过去了，可是在边景行一次又一次拒绝去上她报的培训班时，李芙意识到了事情的严重性。

今天放学李芙直接去学校接的边景行，一路上母子两人都没有再说过话，边景行头一次想让这条路变得长些，再长些。可是不管再怎么长，总有到家的那一刻。

“去客厅坐好。”

按照母亲的吩咐，边景行规规矩矩地坐在了客厅的沙发上。李芙回到卧室换了一身便装之后走了出来，坐在边景行的身边，冷哼了一声。边景行被这一声冷哼吓了一跳，整个人噤若寒蝉。

“说说吧，你想干什么？”李芙跷起了二郎腿，环抱着双臂，看向边景行的表情无悲无喜。

“我想弹吉他。”

“我问，你想，干什么！”李芙加重语气，又重复了一遍，“不是你想干什么，是你想……干什么。”

边景行听出了母亲话里的意思，低垂着脑袋，不吭声。

“砰”的一声，李芙将手重重地拍在茶几上，大吼道：“造反吗？”

“我只是想追寻梦想而已。”边景行好不容易才从嗫嚅了半天的嘴里蹦出了这么几个字。

李芙的声音轻了下来，“你的梦想是什么？”

“我想弹吉他。”

“你能养活自己吗？”

“暂时……不能。”边景行将脑袋偏向了一边，不敢直视母亲的双眼。

“看着我。”李芙强调道，“你为什么会有这个想法的？”

“我其实一直都有这个想法，”边景行的态度渐渐发生了变化，“从小开始，我就喜欢吉他，喜欢音乐。这不是什么突如其来的妄想。”

“是因为你叔叔吧。”

边景行一愣，低下头默不作声。看着边景行不说话，李芙又继续说道：“你跟你叔叔不一样，你叔叔有你爸爸这个哥哥在，但你却是家里的独子……”

“又是继承这一套吗？”

“怎么说话的！”李芙呵斥道，“这是责任。”

“这是什么责任，我一定要承担起父亲公司这个责任吗？那职业经理人是干什么的？”边景行态度变得强硬了起来，眼眶一红，说话的声音略带着哭腔。

就在李芙想要继续说些什么时，两人听见了门锁转动的声音。

“你爸回来了，这件事千万不能让你爸知道，要不然可就真的连挽回的余地都没有了。”李芙收起了情绪，小声提醒着。

边景行也知道利害关系，跟母亲在这里再怎么说都没关系，但是一旦闹到父亲那里之后，可就真的没办法收场了。

“你们怎么了？”刚进家门，一眼就扫到客厅的两人，边嘉毅本能地觉得肯定发生了什么事情。

“没什么。”李芙笑道。

“嗯。”边景行低着脑袋，用尾音答道。

“真的没事？”边嘉毅一脸狐疑。

虽然边景行知道利害关系，可是他的双脚却有些不听使唤。他想站起来，站起来对父亲大声说出自己的梦想。可是一旁母亲的眼神却在不停地提醒着他这样做的后果。

天人交战，左右为难。

也许是借责任逃避了太多太多次，这一次，他不想再这样了。

“爸，我有话想跟你说。”边景行猛地站了起来，双拳紧握，指甲泛白，全身止不住地颤抖。

“有什么话就说。”边嘉毅将公文包扔在了茶几上，端正地坐了下来，抬起头看着边景行。

“爸，我不想出国留学了。”

“理由。”

“我想弹吉他。”边景行用尽全力地说出了自己的想法，在说出口的一刻，他全身紧绷的肌肉为之一松，心头的一块大石头落了地。

李芙在一旁绝望地扶着额头，她似乎已经预料到了边嘉毅会有什么样的反应。正准备开口宽慰他，可是却突然发现边嘉毅没有说任何一句话，这时候她才将视线集中在了边嘉毅身上。

边嘉毅脸色很淡然，一点都没有因为儿子说出了这样的事情而有任何变色，仿佛一早就预料到了一般，“你是认真的？”

边景行重重地点了点头，“嗯。”

之后，父子二人就这么互相对视着。边景行眼中的火焰越燃越盛，他似乎有些明白了，明白了父亲这样的反应到底是什么意思，“爸，我一定会混出点名堂的。”边景行会心一笑，然后径直离开了家，飞奔到了自己在学校旁租的房子里，他满心欢喜地抱起了吉他，似乎又重新拾起了当初初学吉他时的感动。

正式演出

时间一天一天过去，学校晚会的时间也到了。

“紧张吗？”台下，李思水对着不停做着深呼吸的江柯和边景行说道，脸上一副幸灾乐祸的样子。

“李思水啊，李思水，我没想到你还有这么一手呢。”江柯半眯着眼睛，手指指向李思水，一副深受欺骗的样子。

“我这不是怕我的歌唱得太好，会引起麻烦嘛。”李思水故意扬了扬自己的短发，明知道不会有头发飘起来，还做作地甩了一下。

“藏的是够深的。”边景行在一旁小鸡啄米似的点头，表示赞同江柯的意见。

“下一个节目，是追梦乐队演唱的歌曲《Dream of Life》”

主持人的喊话清晰地传入了三人的耳中，包括李思水在内，三人的心一下子就吊了起来。在这三个人里面，李思水属于有一定表演经验的人，他初中的时候就参加过学校的表演晚会，因为歌唱得太好，晚会结束之后被一大帮女生给堵在了后台。虽说有表演经验，可是每一次上台的情况不一样，没有人说在台上一定就不会紧张的，各式各样的突发事故谁也说不准。

三人缓缓登上了舞台，刚才在下面还不觉得，这一上台，台下嘈杂的声音在上面听起来异常的刺耳。边景行是第一次在这样的环境里弹奏吉他，他左手按弦的手指都有些哆嗦。李思水转头给江柯递了一个眼神，示意自己准备好了，边景行也对着江柯点了点头，江柯双手拿着两根鼓槌，用力地互击了三下。

一、二、三。边景行在心里默数，三字一到，音乐一起，台下瞬间安静了下来。电吉他高亢的声音绕在耳边，他的心一下子就平静了下来。

这首歌是边景行选的，是他特别喜欢的一首歌。一早说好的要选抒情歌曲的说法，在后面一步步也变了，这首歌肯定不算是抒情歌曲，但也不算是摇滚，不至于被江柯鄙视。李思水在听到这首歌是日文的时候，一开始说是绝对不唱的，因为他不会日文，可是在边景行的苦苦哀求下，他还是学习了这首歌的发音。李思水的声线霸道又婉转，跟原唱是两种完全不同的风格，这首歌在他唱来，有一种别样的魅力。

站在台上，边景行用尽自己的全力演出着，他的眼眶却渐渐湿润了，他不知道是为什么。是为了有这样一群朋友，还是因为自己能够站在台上表演，也许两者都有吧。

进入第二段副歌了，这段歌词是边景行最喜欢的，他没有话筒，但是跟着李思水的声音，他还是在小声哼唱着。

第三章　魔法师

拜托

距离校晚会结束已经过去一周时间了，学校中狂热的气氛渐渐退去，洋溢着青春活力的校园重新被书卷笔墨之气所笼罩。一周前连进个学校都要戴口罩，以免被同学围观的边景行，现在已经能放心大胆地走进学校了。在他的身侧最多只有两三个认出他的人在指指点点，低声交谈着一周前校晚会的事情，不会再做出什么疯狂的举动了。

“怎么样？我编排的歌曲不错吧。”

午休时，学校凉亭处，张蓝伊坐在边景行的身边吃着三明治，眉飞色舞地一遍又一遍地复述着当初校晚会的盛况。

“那曲子很好的。”边景行拘谨地小口啃着面包，虽然他接触张蓝伊已经很久了，甚至都有一首乐曲是在跟她的排练中完成的，可是对于跟女生交流这件事，他还是有些放不开。

“你也太腼腆了吧。”张蓝伊每次看到边景行这副模样都不由得挠了挠头发，翻着白眼长出一口气，她重重地拍了一下边景行的背，“身为一个男生，你这样可不行啊。”

边景行被她这一拍呛得连声咳嗽，急忙拿起身旁的矿泉水猛地灌了两口，这才缓过劲来，“你干吗啊，我正吃东西呢。”

边景行不满地看着张蓝伊，张蓝伊及时意识到自己的失误，平时大大咧咧惯了，根本就没意识到边景行还在吃东西，她双手合十，脸上带上了歉意，眼皮微闭，“抱歉，抱歉。”

“行了。”边景行一摆手，示意自己没有在意，“你今天专门找我来干什么？还给我买水买面包的，一定有什么事情吧？”

就在刚才，刚打下课铃不过一分钟，老师才走出教室的时候，边景行便听到了有人在呼喊自己的名字。顺着声源看过去，他发现在教室门口站着一个女生，留着一头利落的齐肩短发，那熟悉的飒爽的微笑，正是张蓝伊。她正对着教室内挥手，教室里面所有人的目光也跟着女生挥手的方向一直移动，最后都落在了边景行的身上。

在全班人说不清道不明的视线的注视下，边景行先是一愣，脸刷地一下涨得通红。虽然这跟晚会一样，也受人瞩目，但是两者瞩目的理由全然不同，即使是见过那种大场面的他，在全班暧昧的眼神中，依旧坚持不了太久。他快步走出了教室，刚跨过大门，就听到了张蓝伊对他打着招呼。他慌乱地回应着，然后不停地对着她使着眼色，快步顺着走廊向楼外走去，他想要尽快离开这个让他尴尬不已的地方。张蓝伊一看边景行步履匆匆，也连忙追了上去。之后便将他带到了学校的凉亭处。

“是有个事想请你帮忙来着。”说着求人的话时，张蓝伊也丝毫不改自己的态度，直率而明快。

边景行没有在张蓝伊的态度上磨叽太多，他本就不是一个对这些细节很在意的人，更何况面对女生，他连多说一句话都很困难，全部的精力都被他放在尽力维持跟女生对话上面了。

“你说说看吧。”

“上次我听说你好像在一个什么特殊事件调查小组里，是吧？”张蓝伊半抬着脑袋，很用力地在思考，“你们这个小组应该就是调查一些很奇怪的事情的吧？类似于灵异社？”

边景行不知道张蓝伊从哪里得到的自己这个官方认定的调查组织跟灵异社一样的消息，他想要发声反驳，可是却想不出一句强有力的反驳话语，半天才从嘴巴里憋出了一句话，“我们讲科学。”

“讲不讲科学无所谓了。”张蓝伊微微晃动着脑袋，伸手一挥，全然不在意，让边景行接下来的话噎在了喉咙里，有一种想一走了之的冲动。

“不过我有个朋友确实遇到了一些麻烦，我想请你们帮个忙。”张蓝伊的表情瞬间变得严肃了起来，这认真的表情边景行是第一次见到，就连上次给他们写曲子排练时，也是放松的样子居多。不得不说，这认真的样子，看起来实在是带有一种吸引力。柔和的双眉下闪亮溢彩的双眼发出期待的目光，脸上带着一股偏向中性的英气，薄薄的粉唇更是点睛的一笔。边景行看得有些呆了，虽然他很少接触女生，可是却看过许多女生，这样子的女生他几乎没有见到过。他有点理解为什么李白能写出“云想衣裳花想容，春风拂槛露华浓”这样绝妙的一笔，这确实是很难用文字来描写的容貌。看来这个人对她来说很重要，边景行下意识地想到。

“你说。”边景行几乎是脱口而出，“只要我能做到的，一定帮你。”

“那太好了。”张蓝伊双手合十，转瞬一笑。

“其实这件事我是替一个朋友问的。”张蓝伊又说道。

“朋友？”边景行复述道。

张蓝伊慎重地点了点头，“准确地说，是我朋友的弟弟。”

“弟弟？”边景行被张蓝伊的话给弄迷糊了，“到底是什么事？你直接说吧。”

“我朋友说她的弟弟告诉她，他遇到了一个魔法师。”张蓝伊一字一句地说道，脸上满是认真。

“魔术师？”边景行以为自己听错了，修改了一个字之后又重复了一遍。

“不，”张蓝伊坚定地摇了摇头，“是魔法师。”

书店

柳青黛横穿了大半个城市，费了九牛二虎之力，终于找到了这家书店。

现在天气正凉爽，阳光也很温柔，可是赶了半天的路，就算是再旺盛的精力也得消沉不少，柳青黛自然也不例外。站在书店门前，她大口地喘着粗气，额前的刘海都被汗水浸湿了，软趴趴地贴在额头上。

拉开玻璃大门，迫不及待地走进书店，一股沁人的凉意随之袭来，让柳青黛舒服得想呻吟出来。书店里人很少，准确地说除了自己以外，就只有一个人。

定睛一看，书店的藏书更是让柳青黛眼前一亮，因为整个书店近三分之二都是跟数学有关的书籍。

《高级生物统计学》、《数学分析》、《偏微分方程的可解性研究》、《流体动力学》……就连已经绝版的《实数的构造理论》都有，这让柳青黛喜出望外。不过今天她来这里的目的，却并不是买书，而是来找人的。

据她的好友张蓝伊所说，这间书店的主人能够解决她的疑惑，并且还顺带说了一堆人名，比如什么边景行、李思水、阳平之类的，他们都没有时间，又或者是有自己的事情之类的话。柳青黛不认识这些人，但是她能从张蓝伊的语气中感受到她对这件事的关心。

柳青黛对着收银台走去，那里坐在一个男生，皱着眉头，面色淡然，他面前的桌子上随意地堆放着两三本数学书，手里拿着一支签字笔，正在草稿纸上演算些什么。

“你好。”柳青黛脆生生地喊了一句，等待着男人的回话。但是过了好半晌，都没有回音。

“你好。”这次的声音稍微大了一些，面前的男生这才缓缓抬起了头。虽然柳青黛早就从张蓝伊发过来的照片中看到了这个男生的相片，但是看到真人时的感觉，终归是不同的。

头发稍稍卷曲，宽厚的肩膀，身型匀称优美，五官俊秀，唯有那一双眼睛毫无波澜，却又无时无刻不散发着睿智的光芒，就像一个黑洞。在看到眼眸的那一刻，世界中就只剩下他眼睛投射而出的光线。

“你就是柳青黛吧。”他的嗓音低沉隽永，让人不由得沉迷其中。

“柳青黛？”因为过分迷醉于他的声音，柳青黛一时间都忘了答话。等到他再次呼喊的时候，柳青黛才缓过神来。她的脸“腾”地一下就红了，嘴唇翕动着，不知道该说什么才好，憋了半天，才郑重地鞠了一躬，“对不起。”

“没事的，”男生在听到柳青黛确认身份之后，寒冰般的脸上泛起了一丝温暖笑容，“你的来意，思水事先已经告诉我了，你把相关的情况先拿给我看看吧。”

思水？柳青黛默想着这个并不熟悉的名字，口中连声答道：“好的。”

她手忙脚乱地从自己的斜挎包里拿出了文件夹，递给了他。自从她将自己弟弟遇到了一些奇怪事情的情况告诉了张蓝伊之后，张蓝伊就说她认识一些人，能解决这件事情，而眼下这个人，就是张蓝伊给她推荐的能够解决这起事件的人。

这个时候，柳青黛才有了时间仔细地打量这家店，和这家店的主人——李宝瑟。

这家书店的装修风格跟一般卖书的书店很不一样，要是说的话，根本就不像是书店，更像是不卖咖啡的咖啡厅。

书店正中是两排长长的木质书架，四周的墙壁也全被掏空，做成了红木贴面的书架，沙发、茶几绕着书店围了一圈。柔和的灯光，纸质书籍的油墨气味，唯一让柳青黛有些失落的是书店里居然没有放柔和的钢琴曲，这也许是一点小小的不足吧。

柳青黛在书店里漫步，感受到的不是一般书店的市侩气息，反而满是读书人的儒雅。按道理来说，这样的书店，应该有很多文艺青年来才对，可是整个书店除了它的主人以外，并没有任何一个人。要是让柳青黛硬找一个理由的话，那也许就是这里面的书大部分都是数学相关的书籍，很少有人能看得懂吧。

来到书架的中间，柳青黛从中抽出了一本《实数的构造理论》，随意地翻阅起来。

从自然数到有理数的扩张、实属的康托尔构造、实数的公理系统……像这样的东西，看不看得懂是一说，也不会有几个人对它们产生兴趣的吧。能够对它们产生兴趣的，要不就是疯子，要不就是天才吧。

柳青黛苦笑了一声，将书放回原处，又走回了收银台前。李宝瑟依旧在仔细地看着柳青黛给他的详细情况。这件事情十分的怪异，柳青黛在整理的时候就觉得有些莫名其妙的，不过她害怕自己的弟弟受人蒙骗，所以还是细心地整理了相关情况。

看来张蓝伊的推荐果然没有错。在来之前柳青黛还在担心，像这样的人会不会觉得自己是在说笑，会不会看了一眼自己整理出来的东西就弃之如敝屣。现在看来，这样的担心完全是多余的。

这件事情说起来很奇妙，可是在柳青黛的心目中，眼前这个名叫李宝瑟的男生，则更加神秘。她从没有听过有哪个高中生，在双休日的时候会自己开一间书店打发时间，这是一种难以想象又豪气十足的做法。

“要是你写的是真的话，那这件事确实有些麻烦。”就在柳青黛胡思乱想的时候，李宝瑟看完了她给出的情况，并且给出了结论，“我对于推理件事不是很在行，不过既然这是李思水说的，我就一定会帮你到底的，基本情况我已经了解了，接下来我会把调查结果告诉李思水，让他通知你的。”

李宝瑟的回答让柳青黛一愣，她没有想到看起来平易近人的李宝瑟，竟然这样拒人于千里之外，就连调查结果都要转手他人，一个电话都不愿意留下。

“嗯。”柳青黛点了点头。

在收到柳青黛肯定的答复之后，李宝瑟又将注意力放回了原先没有做完的演算上面，三分钟之后，他发现眼前稿纸上的影子没有消失。便又重新抬起头，看着表情有些怪异的柳青黛问道：“你还有什么事吗？”

“那个……”柳青黛的表情扭捏了起来，手指绞着衣角，“请问，能留个通信方式什么的吗？”

看着李宝瑟的脸上没有任何表情，她下意识地觉得李宝瑟肯定想歪了，便连忙解释道：“我想说的是，要是以后有什么其他问题的话，我可以直接问你了，不用特意跑这么远。毕竟这个书店，离学校还是很远的。”

“留个微信就好。”柳青黛伸出了一根手指，哀求似地看着李宝瑟。

“我没有微信。”

这仿佛冷拒绝一般的回答让柳青黛一愣，然后她不死心地问：“那QQ呢？”

“我没有QQ。”

“那……手机号总有一个吧？”

李宝瑟嘴巴张开想说什么，可是又像是想到了什么，合上嘴唇，沉吟了片刻。

“有的。”说着，李宝瑟从杂乱的书桌上掀了几本书起来，在厚重的数学书下面，放着一个功能机，“给。”

柳青黛接过了李宝瑟递过来的手机，嘴唇不自觉地抽动，在现在这个年代，居然还有人用功能机。在手机上熟练地存好了自己的电话，然后给自己的手机打了过来，感受到震动之后柳青黛挂断了电话。

“存好了。”

李宝瑟接过了手机，随手放在一旁，脸上依旧没有任何表情，跟柳青黛来时一样，又开始在草稿纸上奋笔疾书。

柳青黛悄悄地退出了书店，刚一走出书店，她就迫不及待地拿出自己的手机，给一个人打起了电话。

“喂，张蓝伊，这次你可输了哦。”柳青黛的回答异常兴奋，嘴巴里不停地分泌出唾液，“这一顿海鲜大餐你可是请定了。”

“你拿到李宝瑟的电话啦？”电话那边的声音略带惊讶。

“那是自然，也没什么难的嘛。”柳青黛自豪地“哈哈”大笑，她的眼前已经出现了一只只龙虾、螃蟹在飞舞。

“也不知道你是走了什么运，”张蓝伊觉得自己失算了，“我从他们那儿听说他是个难以接近的人，虽然看起来很温柔，可是对外人是很冷酷的，没想到这些传言也太假了吧。”

“也许我是沾了你说的那个李思水的光吧，”柳青黛强掩住内心的兴奋，为自己能够这么顺利地拿到电话找着理由，“刚才他说了几遍李思水这个名字，可能是沾了他的光吧。”

“也许吧。”张蓝伊无奈。

“你别忘啦，海鲜大餐啊。”柳青黛“善意”地提醒道。

“知道啦。就这样吧，挂了啊。”

“嗯。”

挂断电话，柳青黛回头看了一眼不远处的思水书店。将自己朋友的名字作为书店的名字，也不知道该怎么说他才好。虽然要电话是跟张蓝伊打的一个赌，不过柳青黛也确实对李宝瑟这个人产生了一些兴趣。

一个高中生，双休日独自一人照看着一间书店，对朋友之外的人有着近乎冰山一般的冷漠。在他身上到底发生了什么?

怀着满腔的好奇，柳青黛渐渐远去。

书店内，李宝瑟拿起放在一边的手机，只一眼，他就看清楚了柳青黛留下的电话号码，也就是这一眼，让他淡然的表情泛起了涟漪。那是一个他从未存过，却永远不会忘记的号码，就是这个号码，让他的心乱了起来。

他放下了刚才做的已经快要进行到尾声的演算题目，转而开始用尺规在草稿纸上做起了正十七边形。这是他让自己保持冷静的必备项目，每当心境开始乱起来的时候，他就会做一个正十七边形。

可是今天，这个方法似乎失效了。

李宝瑟站了起来，深深地叹了一口气，最后他的脸上不由得泛起了苦笑，“低概率事件，果然不是不可能事件。”

他透过玻璃大门看着门外，理性与感性在他的头脑中交织。

“思水，这件事不会是你故意的吧？”

请客

“人们常说，当女人对一个男人开始感兴趣的时候，就是她开始爱上他的时候。”海鲜大酒店里，张蓝伊一面对着自己盘中的龙虾猛叉，一面语重心长地教育着柳青黛。

“难道你就不好奇吗？”柳青黛一只手托着腮帮子，一副若有所思的样子，餐刀跟着她的手在盘子里无规律地运动。

“你要说好奇，那肯定是有的，但是没有你这么激烈吧。”

“我哪里激烈了？”柳青黛把餐刀一顿，质问道。

“行了，行了，”张蓝伊双手在空中虚按了两下，“你看看你这个样子，还不够激烈啊？”

“我……我那是为了反驳你嘛。”

“找理由也不知道找个合理点的。”张蓝伊白了她一眼，放下了手中的刀叉，“你说说，真人跟照片上差别大吗？”

柳青黛搔了搔头发，为难地说道：“差别倒是有，但就是不知道该怎么说出来。”

这种感觉很是奇妙，李宝瑟说起来应该是属于那种不上镜的人，那摄人心魄的眼神，照片上更是难以展示其万一。

“根据我的分析，你应该是对他一见钟情了。”张蓝伊自信地点着头。

柳青黛挥了挥手，摇着脑袋，“哪有！你想多了。”

“那你倒是说说，这到底是什么样的感觉啊？除了恋人之间难以言明的感觉之外，其他的感觉应该都能够说出来的吧？”

柳青黛沉吟了片刻，表情十分为难，最后恼羞成怒地说道：“大姐，我是一个理科生诶，用语言形容不出来，也应该是正常的吧。”

“正常，正常。”张蓝伊捂着嘴巴轻笑，“行了，也不为难你了，今天我请客，好好吃一顿吧。”

柳青黛“嘿嘿”了两声，将注意力放在了面前的食物上。饱腹感是人所能享受的最廉价的幸福了，柳青黛自然也十分认真地对待着这来之不易的海鲜大餐。

从饭店中走出来，一股凉风袭来，带来令人惬意的舒爽。在地铁站前，柳青黛跟张蓝伊挥手告别，独自一人踏上了回家的地铁。

半个小时之后，柳青黛回到了家里。父亲此时还在加班，母亲正在厨房洗碗，看来也是刚吃完饭不久。房子并不大，大小也就九十平方米左右，住四个人显得有些小了，虽然小，但却温馨。

在跟母亲打了个招呼之后，柳青黛回到了自己的房间。从书架中抽出了一本喜欢的小说，按着书签翻开了书本，顺着上次看到的进度，继续往下读着。她从书桌前一路读到了床上，双手拿着小说，仰面看着，不多时上下眼皮就睁不开了，坠入了梦乡之中。

“叮铃……”天刚蒙蒙亮，柳青黛就被手机的铃声闹醒。从床上坐了起来，勉强睁开像是被胶水黏在一起的双眼，这才看清了手机屏幕。

这么早，居然有人打电话过来，到底是谁啊？

迷迷糊糊中，柳青黛按下了电话接通键。

“喂。”她不停地揉着眼睛，声音低沉。

“是柳青黛吗？”电话对面传来一个男声，柳青黛一懵，这个时候怎么会有男人给我打电话？再次将手机拿到眼前，撑开双眼，仔细地看了一眼，打来电话的人居然是李宝瑟。

“你好，这么早给我打电话有什么事吗？”柳青黛话刚出口，立马就意识到了李宝瑟打电话的用意。难道那件事情有了进展了？可是我不是昨天才将所有的情况告诉他吗，进展会有这么快？柳青黛自己也有些懵了。

“你家在哪儿？有件事情要当面跟你说清楚。”李宝瑟的声音透露出一股让人难以拒绝的霸道，这让柳青黛愣了愣神。这一点都不像是那个在她心中留下了冷酷冰山印象的少年能说出来的话，怎么这套路这么像霸道总裁啊？

柳青黛将自己家的住址告诉了李宝瑟，正想要说些什么的时候，电话直接就被挂断了。听着电话里传来的“嘟嘟”声，柳青黛呆坐在床上，完全不知道现在到底是个什么情况。

她慢悠悠地从床上起来，随意地将后脑的头发绾成了一个马尾，然后就进了洗手间开始洗漱。柳青黛整个起床的流程与节奏丝毫没有被李宝瑟的这一通电话所打乱。

当柳青黛站在衣柜面前的时候，时间过去了十五分钟。

面对着衣柜里的衣服，她举起右手撑着下巴，陷入了沉思。

“叮铃……”手机又响起来了。难道他到了，这么快？

拿起手机，来电显示果然是李宝瑟。

“我已经到楼下了，你快点下来吧。”说完，李宝瑟又径直挂断了电话。

这种态度真是令人心烦啊，柳青黛在心中腹诽着，随便从衣柜里抓了一件长T恤与牛仔裤就下了楼。

来到小区的门口，柳青黛搜寻了半天都没有发现李宝瑟的踪影，心里不由得腹诽道：“难道他打了一个提前量？”

就在她准备拿出手机给李宝瑟打电话时，突然她面前的蓝色奔驰车摇下了车窗。她目光随意地一瞟，就这么呆立在了原地。

“上车啊。”后座上的李宝瑟对着柳青黛招手。

“这……这是你的车？”柳青黛一脸诧异地看着面前这辆蓝色奔驰车，脑海里似乎听到了什么破碎的声音，她隐约觉得那是自己的价值观，“谁在开车？”她下意识地问道。

“我有司机。”李宝瑟的回答很平淡，“刚才我看论文去了，没注意到你已经站在路边了。不过你们女生出门，不是一般都要一个小时的吗？”

“要一个小时的都是普通女生，我不是。”拉开车门，柳青黛潇洒地坐在了后座上。她的承受能力不是一般地强，很快便从眼前的震惊中走了出来。李宝瑟则表情复杂地看着坐在自己身边、正好奇地四处张望的柳青黛。

汽车发动，在马路上平稳地行驶着，不一会儿，就到了咖啡厅。将车子停好，看着走在前面目的明确的李宝瑟，柳青黛亦步亦趋地跟在他的身后。

两人来到了一家咖啡厅，柳青黛看着琳琅满目的菜单，一时间不知道该点些什么才好。毕竟早早地就被他叫了出来，连早饭都没有吃，而且也不知道会跟他在这里谈多久，所以填饱肚子才是最佳选择。

“我要这个戚风蛋糕，还要一杯拿铁。”柳青黛指着菜单，对服务员说道。

“好的，”服务员满脸笑意地将菜单收了起来，看向李宝瑟那一边，“请问先生呢？”

“一杯薄荷水。”李宝瑟淡淡地说道。

“好的。”

很快，服务员就将两人点的东西送了上来。李宝瑟静静地看着柳青黛吃着蛋糕，那注视的眼神，让柳青黛颇感怪异。

她将装着蛋糕的盘子往前一推，不知道脑子里抽了什么筋，居然说出了这样的话，“要不……你也吃点？”话刚说出口她就后悔了，有谁会将自己吃了一半的东西给别人吃啊。完了，李宝瑟肯定会发怒的吧，她缩着脑袋，正准备承受李宝瑟的怒火。

“你慢慢吃吧，我等你，没事的。”意料之外的回答，她清楚地听见李宝瑟笑了笑，“我脾气没这么暴躁的。”

虽然李宝瑟这么说，但柳青黛还是三两口就将蛋糕吃完了，然后规规矩矩地坐在了那里。要是昨天的话，她肯定选择相信李宝瑟说的，可是经过今天早上这一系列的事件，谁还会相信他不会发怒啊。

“我今天找你是想问问关于你弟弟的一些详细情况，”李宝瑟缓缓说明了自己的来意，“昨天我回家之后又想了想，你给的文件里还有些东西没有说明白，所以我想来向你详细地问问。”

“原来就是这么个事啊。”柳青黛长出了一口气，她还以为李宝瑟这么急着找自己来是有什么要紧的事情呢，“这件事，其实我也是从弟弟的日记本里看见的……不是，我不是那种喜欢偷窥别人隐私的人，我说是一个偶然，偶然……”柳青黛看到李宝瑟的眼神略有些奇怪，于是连忙解释道，她自己也不知道为什么要这么着急地解释。

“你说吧，没事的。”

李宝瑟将视线斜瞥向窗外，窗外太阳正冉冉升起，阳光洒遍街道。

魔法

午后三点，天气微寒，疾风似刀般在大地上席卷。这是少有的大风天，恰逢双休日，很少有人会在这样的天气情况下外出。

一个小男孩，探头探脑地在小区里四处张望着，紧了紧身上的衣服，将背包带拉紧，在确定四下无人之后，摸进了一栋住户楼里。

他步履缓慢地爬上了三楼，站在楼道里的消防应急箱面前，紧咬着嘴唇，不知道在犹豫些什么。终于，他似乎是下定了决心，跺了跺脚，飞快地打开应急箱的盖子，将其中的干粉灭火器放进了自己的背包里。

他是第一次干这样的事情，动作笨拙不说，神情更是慌乱，任何一个注意到他的人，都会发现他有心事。

“哎哟。”就在他神色恍惚、正准备走出住户楼大门的时候，却意外撞到了一个高大的身影。

“对不起。”他连忙道歉，低垂着头，想要绕过这个大人。可是这个大人却一直挡在他的面前，不让他离开。

难道他知道了？

小男孩心中一惊，开始害怕了起来，浑身止不住地颤抖。毕竟是个小孩子而已，而且他也是第一次做这样的事情，心里很没有底，现在被人发现了，自然是恐惧万分。

“小朋友。”站在他身前的人说话了，声音低沉，有一种莫名的吸引力。

“啊？”因为被这股声音所吸引，他下意识地抬起头应了一声。这时候他才发现站在眼前的人是一名少年，这少年穿着一件厚实的风衣，身材很结实，五官组合在一起有一种莫名的吸引力。他对老师曾经讲过的“玉树临风”这个词，有了新的见解。

“你想学魔法吗？”少年突然开口了，脸上带着笑意。

“啊？”小男孩一愣，又“啊”了一声，心里完全是懵的。这种像是半路遇到神仙的事情，他从来只在小说中见过，没在现实中遇到过。

少年没有说话，缓缓伸出了右手，掌心朝上，简单地一握一放。小男孩看着少年的手，眼睛都直了，因为在他一握一放之后，刚刚还空无一物的掌心，突然出现了一小块冰。而且这冰因为掌心的温度还在渐渐融化，毫无疑问这是一块真正的冰。

“你想学吗？”少年又缓缓开口了，“我可以教你。”

“冰……”小男孩喃喃道，仿佛想到了什么似的，心头变得火热，连呼吸都变得急促了起来，“你真的会魔法？”

“你还需要验证吗？”

“能变点其他什么东西吗？比如说手上冒出火焰？”

少年摇了摇头，道：“用你们的话来说，我是一个冰系魔法师，火这种东西，我并不会变。”

小男孩没有注意到少年话里的重点，连忙问道：“那你能再变一块冰出来吗？”

少年再次伸出了手，手掌上下翻动之间，又一块冰被他造了出来。男孩接过了少年造出来的冰，将其捧在手心。冰很快就化成了一摊水，那沁人的凉意在提醒着男孩，这并不是幻觉。

“你真的愿意教我魔法？”男孩欣喜地追问，话刚出口便意识到不对，警惕占据了上风，他的眼神中充斥着怀疑，“你为什么要教我魔法？”

“怎么说呢。”少年仰起头，想着措辞，“应该说是见猎心喜吧。”

“见猎心喜？”小男孩不明白这个词的意思。

少年脸上带着微笑，“我的意思就是，你的天赋很好，我很想教你。”

小男孩呆住了，半晌之后回过神来，全身都兴奋地颤抖了起来，“真的吗？”

“这是自然。不过在此之前，你还需要做一件事。”少年提出了要求。

小男孩心有戚戚，“什么事？”他不会要求我做什么难事吧？

少年将手指向了小男孩身后背着的背包，“将你偷的所有灭火器都还回去。”

就这点小事？小男孩小鸡啄米似的点着头，他本来就不愿意偷灭火器，只是他实在是想不出办法了。现在有这么一个不知名的魔法师愿意教他魔法，那自然是最好的。懂魔法的不会是坏人，虽然这人出现的时间有些巧合，不过小男孩也没有其他任何办法了，不管他教自己的原因是什么，只能赌这一次了。

看到小男孩答应之后，少年咧嘴笑了起来，对于少年的笑容，小男孩不是很明白。

心情激荡

自从那天之后，每天放学，少年都会在小男孩家的附近等他，对他进行大约一个小时的“特训”。说是特训，其实也就是口里念叨着一些类似于经文的东西。

“师傅，你为什么会想到教我呢？”男孩闭眼坐在椅子上，在默念经文的中途，突然说了这么一句话。

少年看了他一眼，语气没有明显的起伏，“没什么特别的，只是恰巧看到你了而已。”

“原来是这样啊。”男孩叹了口气，语气中带着说不出的失落，不过这份失落没有维持太久，很快便又问道：“那以我现在的资质，要什么时候才能够出师呢？”

“出师？”少年似是笑了笑，“还太早呢。”

“可是我快来不及了啊。”小男孩明显急了。

少年问道：“什么来不及了？”

男孩意识到了不对，立马闭上了嘴巴，保持着缄默。

男孩的反应全在少年的意料之中，少年的脸上一如既往地带着笑，不知道在想些什么，他又开口说道：“你想用魔法干什么？”

男孩咬着牙，沉吟了片刻，“我能不说吗？这是我和她两个人之间的秘密。”

“要是循序渐进地学习的话，不管你的想法是什么，我觉得肯定赶不上了。不过要是你说出来，说不定我还能给你想想办法。”

男孩急迫地问道：“真的有办法吗？”

少年点了点头，“前提是你要说出来。”

纠结了半天，男孩终于开口了，“我学习魔法，其实是为了造雪。”

“嗯，这是很简单的一件事。”少年的表情很淡然，仿佛这没什么了不起的。

听到少年的这句话，男孩喜出望外，不过他的下一句话，又将男孩打入了深渊。

“不过这是对于我而言，对于你来说就不是了。”少年看着男孩，眼底闪过一道精芒。

“那……真的没有办法了吗？”

“办法倒是有的，就看你能为此付出多少了。”

看着少年淡漠的表情，男孩咽了一口唾沫，变得紧张了起来。

跟自己的师傅挥别之后，张飞文怀着复杂的心情踏上了回家的路。

心情之所以复杂，一是因为自己可以在约定的时间内完成与她的承诺；二是据师傅所说，自己以后再也学习不了魔法了。这就是短时间内要达成自己目标所付出的代价，虽然年纪还小，可是等价交换这个说法，他还是有些明白的。

回到家里，张飞文一直闷着不说话，他母亲看到了儿子的异样，再三询问。可是张飞文早就已经与少年约定好了，不管发生了什么事情，都不能将他的存在说出去，这是男人间的约定。张飞文如此想着，在他的心中这个约定的级别是很高的，属于绝对不能违背的那一种。

母亲的询问没有作用，只得无奈地耸了耸肩，转身回到厨房，开始做饭。

吃过晚饭，晚上七点左右，张飞文倒在了沙发上，拉过被子。这倒不是因为他没有自己的卧室，只是每次吃完晚饭后，张飞文就觉得自己莫名地很困，一种说不出原因的困。他只想要稍微歇一歇，要是回到卧室去睡的话，保不齐就睡到明天早上了，而在沙发上睡没有那么舒服，睡的时间反而会短一些。

张飞文在沙发上扭动了一下身体，让自己睡得更舒服些，他看着白花花的天花板，不自觉地开始出神。

朋友

张飞文第一次遇见文若，是她刚转学到班上的时候。

文若留着一头干练的短发，冷若冰霜的脸上眼神淡漠，站在讲台上环抱双臂看向台下的样子，让张飞文想起了自己曾经在电视上看到过的准备捕猎的老虎，好像也是这样的气势。

因为张飞文身旁还有个位置，所以文若被老师安排坐到张飞文的旁边。

跟看上去一样，她的处事方式也像极了老虎。特立独行，无所畏惧。对同学的招呼置之不理，一上课就开始打瞌睡，不管做什么事情都十分不耐烦……甫一接触，一个我行我素的标签就被张飞文贴在了她的身上。

文若完全不知道张飞文心中的想法，不过就算知道了，也完全不在意。

“呼，终于放学了。”好不容易熬到了放学，文若提起书包，长舒了一口气。就在她正准备离开的时候，身后突然传来了一阵窸窸窣窣的声音。她转过头一看，发现张飞文正被三个人围在座位上说些什么。张飞文想站起来，却被三人强行按在椅子上，看样子似乎是要动拳头了。

文若撇了撇嘴，没有多想，直接将自己的书包扔了过去。书包重重地砸在其中一人的身上，那人龇牙咧嘴地倒吸了一口凉气。还没等他反应过来，文若一个助跑，在张飞文愕然的目光中，一脚蹬踹了过来。

那三个男生被文若一个人就给收拾了，她从地上捡起了自己一开始扔过来的书包，拍打了两下书包上的灰尘，斜了仍在一旁处于震惊状态中的张飞文一眼。张飞文被这一眼直接给瞪回了现实世界，出神的思想一下就回到了原位。他从那个眼神中似乎读出了点什么，那是轻蔑。

事后几人理所当然地被老师叫到了办公室里批评。

文若嚼着不知道从哪里掏出来的口香糖，时不时地看着手表，一脸不耐烦地在墙边踮着脚。

老师面对这种事情向来不会留情，就在张飞文想出声提醒一下文若的时候，他却奇怪地发现老师并没有批评文若。而对于平时一旦发生就会大发雷霆的斗殴事件，今天也只是随意批评了一下，就让大家离开了。

张飞文虽然小，但却不是傻子，这里面的原因他一眼就看出来了，这一切都是因为文若的存在。

走出教学楼，张飞文小跑着追上了前面的文若，叫住了她。

“今天实在是谢谢你了。”张飞文的谢意是发自真心的，他平日里受这三个人欺负太多次了，但没有一个人站出来帮过自己。今天文若一个女生为了自己站在三个男生的对立面，让他敬佩之余，又多了一份感动。

“没事。”文若潇洒地一挥手，连看都没看张飞文，径直走了。

“那个……”张飞文亦步亦趋地跟在文若身后，有些话犹豫该不该说出口。

文若的耳朵很灵，她听出了张飞文话语中的犹豫，“有什么话就说，我不喜欢做事扭捏的人。”

“我想告诉你以后小心一些，段明他们肯定不会善罢甘休的。”

“你就是因为这样才被他们欺负的吧？”文若的步伐突然放缓，转头看向了张飞文。

“什么？”

“做事犹疑，怕这怕那的，他们就是看出了你不会反抗，所以才欺负你的吧？”

张飞文一愣，文若的话仿佛一把刀一样插进了他的心里，正好切进了他的痛处。

“才不是！”张飞文竭尽全力争辩着，几乎吼出了声，借此想要掩盖声音当中的软弱。

“就是这样。”文若转过了身，面朝着张飞文，毫不退让。她伸出手指，重重地点在他的心口，“什么都不敢，懦夫一个。”

“我……我……”

“我什么我，说不出话来了？”文若嗤笑了一声。

张飞文争辩道：“我才不是懦夫。”

“那你能证明吗？”

“怎么证明？”张飞文几乎是赌气般地说出了这句话，在说出这句话之后，他看着文若脸上逐渐扬起的笑容，心里突然涌起了不安。

“这样真的可以吗？”张飞文跟文若藏在小巷子里，手里拿着棒球棍，张飞文咽了一口唾沫，紧张地问道。

“这有什么不行的。”文若伸出舌头舔了舔嘴唇，跟文若的惊恐相对应，她的脸上则满是兴奋，“只允许他们打你，就不允许你打他们了？我已经调查清楚了，这里是他们回家的必经之地，待会儿你就冲出去，我给你压阵。”

“你待会儿不跟我一起？”张飞文惊讶地看着文若。

“是你被他们打，又不是我被他们打，自然是要让你一个人发泄够才行，我怎么能插手呢。不过要是你遇到危险的话，我还是会出来帮你的。”

“要不……”

“后面的话你想好再说。”文若冷冷地看着张飞文，“你是要永远地生活在这个阴影之下吗？要是这样的话，这件事就这样算了，我转身就走。”

张飞文沉默了，他握着棒球棍的双手不自觉用力，在看到三人的身影从远方出现的时候，犹豫的眼神变得坚定了起来。

就在他冲出小巷子的那一刻，他能够明显地感觉到自己有些不一样了。

蜕变，就在这一刻。

第二天上学的时候，张飞文坐立难安，坐在他身边的文若对此没有发表任何意见。

虽然昨天张飞文冲了出去，可是他却只是拿着棒球棍胡乱地舞动，碰都没有碰到那三个人，三人也因为第一次看到张飞文这样发疯的样子，再加上他手里还拿着武器，所以落荒而逃了。

“你说他们今天不会来报复我吧？”这是从昨天到现在，张飞文心里想的唯一一件事。

“不会的。”文若似乎很肯定，“像这种欺软怕硬的人，我见得多了，你展示出来了强势的一面，他们就会退让的。”

“要是他们真的来报复我怎么办？”张飞文还是有些不放心。

文若咧嘴笑着，给出了一个符合她个性的答案，“还能怎么办，打啊。”

自此，文若成了张飞文在班上唯一的朋友。

虽然文若还是一副我行我素的样子，不过更多的时候，她还是会关照张飞文的。

“诺，给你。”

放学的时候，文若从包里掏出一盒巧克力，递给了张飞文。张飞文一愣，有些不明所以。

“接着啊。”

“这是……干什么？”

“今天不是你生日吗？”

“生日？”张飞文喃喃自语，他猛地想了起来，好像今天是他的生日，“你怎么会知道的？”

“你上次不是说过嘛。”文若白了他一眼，“我这个人没什么别的优点，就是记忆力挺好的。”

“谢谢。”

“小意思了。”

说着，文若攀上了张飞文的肩膀，脸上带上了奸笑，“拿人手短，既然你收了我的东西，那你就要帮我一个忙。”

张飞文正收起巧克力的手一抖，心有戚戚地说道：“什么忙？”

“待会儿你自然就知道了。”

文若脸上的笑容越来越盛，张飞文咽了一口唾沫，心里越来越不安。他很清楚，每当文若脸上露出这样表情的时候，肯定有大事发生。

分析

“根据你所说的，我觉得这件事确实跟怪人有些关系。”

听完李宝瑟转述的柳青黛所说的情况之后，李思水觉得自己有必要介入了。一开始他以为这只是一件很简单的事情而已，可是他没有想到这件事情的背后还有这么复杂的变化。虽然这次是跟一个小男生有关，乍看之下并没有什么联系，可是这个小男生的姐姐，却是他们学校的学生，而且这个女生通过人际关系网还能够接触到他们几个。这也不排除是怪人想给他们一个下马威，通过这个小男孩来警示他们。

就在这时，李思水注意到了李宝瑟的脸上露出了一丝为难的神色。事件既然已经是这个程度了，再麻烦李宝瑟也不合适了。于是他开口说道：“这件事后面就交给我吧，我一开始没有时间来关注这件事情，现在既然这件事情有怪人参与，那我就一定要把这件事情给弄明白。”

李宝瑟苦笑，他就知道李思水会这样回答。“我不是这个意思。”他摇头，只因为他看出了李思水的想法，他也知道李思水为了这个怪人做了太多太多，不论从哪方面讲，这件事都应该交给李思水来负责。可是李宝瑟却也有自己的苦衷。

“我想接手这件事。”思考了一会儿，李宝瑟决定说出自己的选择。

“你说什么？”李思水微微有些发愣，他印象中的李宝瑟，整个世界中除了数学几乎是空无一物，他很讶异，“你怎么会对这种事情主动上心的？”

李宝瑟表情很是无奈，这下他可以确定了，关于柳青黛的那件事，确实不是李思水安排的。如果真的是他的话，他不会是这样的表情。

那如果不是他故意而为的，会是巧合吗？李宝瑟想要知道这背后的隐秘，所以向李思水提出要求，想要调查这起案子。

“让你为难了吗。”李宝瑟缓缓说道，疑问的句式，用的却是肯定的语气。

“你能告诉我为什么吗？”

“为什么吗？”李宝瑟眼神闪烁，露出了一副李思水从来没有见过的表情。

“嗯，我想知道。”李思水点头。

“这件事说起来还挺奇妙的，”李宝瑟自嘲地笑了笑，“这件事要是当时我跟你说的话，说不定你还能告诉我原因，可是现在就算知道原因也已经晚了。”

李思水沉默，他在等着李宝瑟诉说他的故事。

“这一切，要从我跟那个叫李婉洁的女生初次相遇开始说起，说起来，这些事情还是她亲口告诉我的。”

相遇

尚奇小区是附近众多居民小区当中，不怎么起眼的一个。

虽然已经建成交房，但是由于房地产商错估了地产形势，大量修建房屋带来了房屋冗余情况，导致了这个小区的入住量并不乐观，一栋楼里平均每层只有一两户，甚至没有人的情况也是屡见不鲜。

当李婉洁得知自己要搬到这个小区居住的时候，并没有产生任何不满，甚至可以说是麻木也不为过。

对于父母做下的决定，她总是轻轻点头，然后“嗯”一声。

从小到大她已经不知道搬过多少次家了。

谈起原因来她也不知道该怎么说才好，她的父亲在国内一家非常大的私企内工作，这是她自豪的地方，也是她烦恼的地方。父亲是一个工作能力非常强的人，管理层十分看重他的能力，因此集团公司如果要在什么地方开辟市场的话，首先肯定会想到他。她从小也因为父亲工作的原因辗转了多个学校就读，每次父亲一调任，她们一家三口就要举家搬迁。

刚认识的朋友转眼就分隔两地，缺少交流机会的她很少能够交得到真正交心的朋友。但即便是这样，李婉洁的性格也十分乐观，不得不说这是一件难能可贵的事。

“啊，真想有个交心的朋友啊。”

站在电梯间里，等待电梯下降的李婉洁不由得仰头发出了这样的感叹。

“希望初中三年能让我正常地读完，拜托了。”

她双手合十，不知道是在向哪路神仙求保佑。今天是她开学的第一天，也是她初中生涯的第一天。

从高中开始，再从头结交新朋友吧，好，就这么定了。李婉洁在心里不停地给自己鼓着气。

电梯在“呼隆隆”运转了几秒钟之后在下一层停了下来。

她把双手搭在自己的双臂上，不停地踮着脚，有些不耐烦地看着标示着楼层数的液晶显示屏，心里则想象着电梯门打开之后，到底出现一个怎么样的人。

胖的？瘦的？高的？矮的？

她相信每个乘坐电梯的人曾经应该都会有过这样的想象，电梯门打开的一瞬间，那莫名其妙就被满足的期待感，实在让人陶醉。

结合这栋楼的交接情况，还有现在的时间来看，除了打鸣的鸡和学生以外，她也很难想到现在会有什么其他的东西出现在自己的眼前。

电梯门缓缓打开。

哈，果然，电梯外站着一个学生模样的男生，背着书包，头发微长，长得有些秀气，一副标准的学生打扮。

抬头看见李婉洁的瞬间，他愣了一下，然后低着头看起来有些害羞的样子，缓步走进了电梯。

这是什么情况？我很可怕吗，还是说身上有什么怪东西？

李婉洁看了看自己身上，并没有什么不妥的地方。

“那个……真是对不起了。”走进电梯之后，男生突然转身对着李婉洁的方向鞠躬，然后对着李婉洁开始道歉。

男生的这一突然举动，让李婉洁防御性地后撤了几步。

这个人好古怪，他到底是想干什么?

回过神之后，李婉洁感到有些不知所措，“你说什么呢？”

她的语气当中有着浓浓的戒备感，她非常不理解这个才刚见第一面的男生为什么会向她道歉。

“上次的事情——”

“上次什么事情？”李婉洁及时打断了男生支支吾吾的回答，“你不会是认错人了吧？”

李婉洁仔细地看着男生，男生也转过头仔细地看着李婉洁。

长长的睫毛，清亮的双眸，这个男生好像还挺好看的。

捂住略微有些发烫的双颊，轻咬着下嘴唇，李婉洁觉得自己刚才的想法尴尬无比。

男生此时也仔细地打量着李婉洁，杏眼樱唇，体态娇艳，那轻咬贝齿的样子更是与自己印象中的她一模一样。

认到这里，男生轻轻地摇了摇头，“我没有认错人，我确实应该向你道歉。”

听到男生的这句话，李婉洁想到了一个可能性。她轻轻撞了撞男生的肩膀，面带狡黠的笑容，说道：“同学，你这个搭讪技巧可有些落伍了啊。”

“我……我不是想故意搭讪。”男生涨红了脸，想极力证明自己的清白，可是在李婉洁双眼微眯的注视下，他一个字也说不出来。

没想到这个男生还挺害羞的。李婉洁这么想着，脸上也挂上一丝笑意。

“没事的，其实我也是喜欢交朋友的人，”说着，李婉洁朝男生伸出了自己的右手，“我叫李婉洁，初次见面，请多关照。”

男生先是一愣，礼貌性地回复了她，“我叫李宝瑟。”

电梯恰巧在这个时候到了一层，电梯门打开，李婉洁大步跨了出去。

“我要走大门出去了，你呢？”李婉洁善意地问道，这小区有着前后两个大门，去不同的地方，选择不同的出口会更方便一些。要是两人同路的话，说不定以后还能够一起上下学，这也算是交到了第一个朋友吧。

“我走后门。”李宝瑟朝左边的方向指了指，李婉洁撇了撇嘴，百分之五十的概率，不同路也是正常情况。

“我走大门。”李婉洁大方地朝李宝瑟挥了挥手，大步向着道路右边的大门走去，“那我先走了，再见啦。”

“再见。”

李宝瑟在身后轻声挥手应和着，直到现在他的脑子里都还处于有些迷糊的状态，详细地说，应该是从上电梯的那一刻起，脑子就一直处于混沌的状态。他现在已经不能确定自己两个月前见到的人到底是不是现在这个叫李婉洁的人。

害羞？内向？乐观？外向？

两个人时而重合，时而分离，将李宝瑟的脑袋搅成了一堆糨糊。

怀揣着内心的疑惑与不解，李宝瑟向学校走去。

奇怪的事

两个月前，李宝瑟正躺在自己新家客厅的沙发上喝着冰镇可乐，百无聊赖地看着电视里播放的各种无聊节目。

这是初三的一个暑假，李宝瑟的父母为了他读书方便，给他在学校附近买了一套住宅，因为父母很忙，平日里只有他一个人在家里。刚刚十五六岁的他，脑子里除了“玩”这个字以外没有任何其他的概念，暑假在他的心中更是可以与荒废这两个字画上等号。

李宝瑟拿起空调遥控器，将客厅的空调温度又下调了一度，迎着空调袭来的冷风，心中一阵凉爽。

这时候，大门处突然传来了敲门的声音。

“来啦。”李宝瑟没好气地回应着，对于这个打破了自己宁静生活的人充满了怨气。

他从沙发上灵巧地翻身下来，趿拉着拖鞋，几乎是以滑行的姿势滑到了大门处开了门。他看到门外站着一个女生，看起来年纪跟自己相仿。

“有事吗？”李宝瑟一边抓了抓脖子，十分不耐烦，另一边还时不时地转过头去，看着客厅的电视。

虽然电视剧很无聊，可是没看到接下来的剧情还是让他有些心痒痒，再无聊的电视节目也比眼前的女生有吸引力多了。

“那个……”女生低垂着头，行为举止很是扭捏，“我明天就要搬家了，今天想跟你来说一声。”

“什么？”

李宝瑟被女生的这一番话搞得莫名其妙，眼神也变得狐疑了起来，仔细地打量着面前的女生，他开始觉得有些不妙。

“你会不会是找错人了？”

一种名为“戒备”的情绪侵占了他脑海中的大部分神经，他向女生的身后望了望，撑着门框的右手变得用力了几分，以便在遭遇突发情况的时候可以随时发力。

面对着李宝瑟这样的态度，女生不为所动，坚定不移地说：“我没有找错人，你不会是生我气了吧？难道就因为前一段时间我对你的态度不好吗？其实那也是有原因的。”

“同学，现在我百分之百确定，你就是找错人了，因为我从来就没有见过你。”

女生的语气似乎激动了起来，李宝瑟暗叫不好，并没有给她话茬儿让她接下去。

话刚说完，他就准备拉上大门，但是在关门的过程当中，他感受到了一股强大的阻力，原来女生的双手牢牢地锢住门框，在竭力不让李宝瑟关上门。她全身颤抖，嘴唇微启，想对李宝瑟解释些什么。

“我都说了我没见过你，你这么胡搅蛮缠不会是有什么特殊的目的吧？”

李宝瑟实在是受不了了，先不说悠闲的时光被打搅，单就这有可能陷入危险的情况，不管是谁，态度应该都不会好。

女生听到李宝瑟这么说，两只眼睛瞬间就红了。

“李宝瑟，你也不用这样吧，就这么装作不认识我，你还算个男人吗？”

这一番话听得李宝瑟一愣，这个女生怎么会知道他名字的？而且看她这番话的样子，好像是他亏待了她，不会是他曾经做过什么然后忘了吧？还能有这么狗血的事情？

李宝瑟的脑子里瞬间掠过自己能够想起来的所有回忆，重新确认了一遍以后，他再次开了口，“这位同学，不管你有什么样的委屈，你也不能怪在我身上啊。我是真的不认识你。”

女生这时候沉默了下来，用泛红的双眼紧紧盯着李宝瑟。

她眼里充斥的，是李宝瑟不理解的情感，在与之双目对视的时候更是感觉到有些心疼。

“那个……”

李宝瑟话还没有说完，那名女生就转身朝楼道跑了出去。即使奔跑过程中脚踩在地面造成的响动很大，可是李宝瑟还是从中听到了哭泣的声音。

虽然他并不认为这是他的错，但是看到一个女孩子就这么哭着跑开还是让他心里很难受。

不知不觉间，就在李宝瑟回忆的时候，他已经走到了学校。

“李宝瑟，昨天的作业做了吗？快让我借鉴一下。昨天打球打得太晚了，回家根本就没时间做作业了。”

李宝瑟刚到自己的座位上坐定，同桌李思水就迫不及待地开始要起了李宝瑟的作业。

“记得改改。”

李宝瑟刚从书包中抽出了练习册，就被李思水一把抓了过去。

“都怪你来得太晚了，早点来的话，我时间就不会这么紧了。”

李思水摊开自己的练习册，对照着李宝瑟练习册上写字的位置填补上空白。

“路上想事情呢，可能走得慢了点吧。”李宝瑟抬手看了看手表，“好像是比以往慢了点。”

“喂，不会有什么艳遇吧？”李思水用胳膊撞了撞李宝瑟的肩膀，狡黠地笑着。

“要说艳遇的话……我也反驳不了你这个说法。”李宝瑟随口应和着。

李思水写字的笔为之一顿，“不会是真的吧？我就是随口说说而已，还真是这样啊。”

李思水低声惊呼，手上动作不停的同时，脑袋在练习册与李宝瑟之间来回扭动，看起来格外滑稽。

“不过我也说不准，让我再想想吧。”

李宝瑟支起右手托住腮帮，看着窗外的树叶发起了呆。

熟识

自从电梯相遇的那天之后，虽然两个人每天接触的时间不长，说起来也就是个早上坐个电梯的时间，可是这样天天见面，一来二去的，也就渐渐熟稔了。

“我前几天去参加了王奇的全国巡回演唱会呢。”李宝瑟刚进电梯，李婉洁就难以掩饰内心兴奋地向李宝瑟炫耀着。

“是那个王奇吗？”李宝瑟不确定地问道，因为他根本就不知道王奇最近还举办过演唱会这件事。

“当然是他啦，你不会不认识吧？”李婉洁面带鄙视地看着李宝瑟，“有时候我真怀疑你是不是一个年轻人，连这些事都不知道，最近我们班上因为这事吵翻天了。”

“不就是王奇嘛，那个最喜欢开演唱会的歌手，去年他好像也开了一次全国巡演，也有我们这儿的场次，我还去看了呢。”李宝瑟尽力争了回来，他一点都不想被李婉洁瞧不起。

“是吗？”李婉洁用食指点着嘴唇，有些失落，“真是太可惜了，我去年都还没搬到这儿来呢。”

“不过嘛，我今年都初三了，班上不传这些都是有原因的。”李宝瑟极力给自己找着理由，“要中考的人怎么能被这些小事分了心呢？”

“你说得倒也是。”李婉洁认同地点了点头。

“好了，今天也要加油。”电梯门打开的瞬间，李婉洁依旧先一步跨了出去，活力满满地鼓舞着李宝瑟，“我先走了，再见。”

“再见。”李宝瑟挥着手向李婉洁告别，心里更是无比满足，他的一整天也因为有了李婉洁的这一句鼓劲而充满活力。

像这样的交流，他们几乎每个早晨都在进行着。不止是演唱会这样的大型活动，就连外出闲逛这样的小事情，如果跟对方分享的话，也格外有趣。

“你知道市里的那个天文馆吗？”刚走进电梯，李婉洁就迫不及待地对李宝瑟说出自己的周末安排。两个人一出小区便会分道扬镳，所以两人能交流的时间就是电梯里的这短短一段时间，为了保证自己一定能在电梯里遇到李宝瑟，李婉洁几乎每天都定时出门，她几乎每次都能够在电梯里遇到李宝瑟，这已经不单单只用巧合两个字就可以来形容的了。

李宝瑟说道：“你是说长民路那个？”

“嗯，我前几天去那里玩了。”

李婉洁笑得十分开心，对于她来说，去天文馆没什么特别的，更多的还是因为这件事可以跟面前的这个人分享。

这一份快乐如果让对方感受到的话，从对方的快乐之中，自己可以收获额外的一份快乐。

“我记得我小学去的时候挺一般的，现在有什么新的东西加入了吗？”

“现在好像有了一个全新的投影仪，可以模拟星空的那种。”李婉洁用双手画了一个大圆，“大概这么大。”

“现在居然都有那种东西了吗！”李宝瑟十分惊奇，但又感觉很遗憾，“可惜现在没有时间去看了。”

“中考完之后总会找到时间的。”

“你说得对哦，到时候我请你去看吧。”

“好啊，可不许反悔。”

李婉洁抿嘴笑着，眼睛弯成了一抹明月。

同为初中生，他们有时候也会聊到高中的话题。

“你准备考哪所高中啊？”

“你要这么问的话，”李宝瑟半抬起头，张嘴思索了几秒钟，“市一中吧。”

“市一中啊，分好像不低的样子。”

“其实我也不知道到底考不考得上，不过那所学校好像女生挺多的。”

“你就是因为这个啊。”李婉洁略感失落。

“要不然呢？男生不都看这个的嘛。”李宝瑟挺胸抬头，回答得理所当然。

“我鄙视你。”李婉洁侧过头，对着李宝瑟做出了一个嫌弃的表情。

“哈哈，谢谢夸奖。”李宝瑟坦然受之，因为他没有感觉到任何鄙视的意思在里面。

“有时候，跟你聊天真的很开心呢。”

“只是‘有时候’啊？”

“说错了，说错了，是一直都很开心。”

“我也是哦。”

“很开心的。”

期待

虽然只是每天早上短暂的交流，但是这却成为了两人一天中最期待、也是最幸福的时刻。

不过要是较真的话，其实也不是每天早上都能遇见的。

李宝瑟做了一下记录，大概统计了一下，他发现自己在星期一的时候就从来没有见过李婉洁。

不过这种情况他也能理解，经过双休日的放肆游玩，要不是因为自己是初三学生有所节制的话，第二天早上也是很难跟平日起床时间一样的。

不过幸好今天是星期二，这是能够看见李婉洁的日子。对着电梯入口的反光处整理了一下自己的仪容，看着电梯先是在楼上一层停了下来，然后在自己这一层也停了下来，李宝瑟的心脏瞬间收紧。

电梯门打开，果然，电梯里只有李婉洁一个人。

“早啊。”李宝瑟打着招呼走进了电梯，今天的他显得有些紧张，因为他要做一件非常重要的事。

“早啊。”李婉洁的回礼有些无精打采，看来她果然是一个爱玩的人，就连上课时间的晚上都没有好好休息，这应该是双休日留下的后遗症吧。

“那个……昨天晚上……休息得还好吧？”

李宝瑟说话结结巴巴的，不过李婉洁没有注意到这一点，依旧跟平日里一样。

“还行吧，玩得有些晚了，收不住心。”李婉洁不好意思地笑了笑，“看来我果然还是玩性大啊。”

“爱玩也没什么不好的，只要成绩跟得上就好了。”

“这话倒是没错。不过我妈每天都督促着我要好好学习，实在是太烦了，本来想去学习的，她这么一说，也弄得不想学了。”

这些话是只有同为初中生的伙伴才能够理解的事情，李婉洁肯定是认为李宝瑟能够理解，才会选择说出来的。

“这个我非常同意。”李宝瑟故作轻松地点着头，“我原来还以为就我一个人这么叛逆呢。”

“你也同意是吧？看来全天下的小孩都一样可怜啊。”

“那个……”李宝瑟话音一转，全身骤然紧绷了起来，“我们……我们现在的关系应该还算不错了，是吧？”

“还行吧，怎么了？”李婉洁看着李宝瑟，眼神很快就变得有些古怪，“你不会是想要找我借钱吧？”

李婉洁这句话让李宝瑟一愣，他没有想到李婉洁会这么问。

“不是，不是。”李宝瑟连连摆手。

李婉洁大笑起来，“瞧你紧张的样子，我跟你开玩笑的。你有什么事情就说吧，我听着呢。”

“那个，我好像还没有你的联系方式吧？”李宝瑟憋了许久，终于吐出了这么几个字。

“是没有，怎么了，你想要我的QQ号吗？”

“这样最好了。”李宝瑟连声答应着，不过马上又觉得这样不太好，“当然我也没有其他的意思，如果晚上能聊聊天交流的话，我想也许会很不错。”

“好啦，把你的QQ号给我吧。”李婉洁掏出了自己的手机，“不过电梯里好像没有信号的样子，你说吧，我用手机记下来，晚上回去加你。”

李宝瑟字正腔圆地念出了自己的QQ号，生怕李婉洁记错了，还重复了几遍。

“嗯，好啦。”

与此同时电梯也到达了一层。

“晚上我会加你的，今天也要加油哦。”李婉洁对李宝瑟鼓着劲，依旧活力满满地朝正门跑了出去。

“嗯，加油。”李宝瑟在李婉洁身后握拳回应着，声音小得连自己都很难听见。他的思绪已经飞到了晚上，他的人生中，从来没有哪一天像今天这样期待着夜晚的来临。

晚上一回到家李宝瑟就将书包丢到一旁，打开电脑登上QQ，开始等待李婉洁发送过来的好友申请，他一分一秒都不想耽搁。

北京时间晚上11时55分43秒，还有不到5分钟就要到第二天了，李婉洁还是没有发过来好友申请。

在毫无希望的等待之中，李宝瑟变得越来越烦躁。

她会不会是忘了？不应该啊，这么重要的一件事怎么会忘呢？

可是李宝瑟又转念一想，又或是这件事对自己很重要，但是对于她来说却根本就无所谓？想了半天，只有这条理由才能解释现在所发生的状况，白天她所做的一切，包括让他留给她QQ号，这样就算事后问起来也可以说成是她忘了。看来是他自作多情了啊。

李宝瑟仰倒在床上，突然间感到了天旋地转，迷迷糊糊地就这么睡着了。“发生什么事情了吗？今天怎么无精打采的。”第二天，李宝瑟刚走进电梯时，李婉洁就发现了他今日的不同。

还问我为什么，不都是因为你嘛。

虽然李宝瑟这样想着，可是却完全没有表露出来，“昨天晚上睡得有些晚了，最近学习任务比较重，不得不熬夜。”边说着，李宝瑟边打了个呵欠，装作自己很困的样子。

“这样啊。”李婉洁自以为理解地点了点头。

虽然之后李婉洁还想跟李宝瑟说些什么，可是一看到李宝瑟那副疲倦的样子，所有涌到喉头的话又都被咽了下去。

虽然李宝瑟自从那天之后就强忍着跟李婉洁不说话，可是每次在电梯里看到李婉洁跟自己打招呼的时候，还是忍不住去回应。

这时候他才恍然发现，原来每天跟李婉洁打招呼，已经成为他一种抹不去的习惯了。

停电

这天电梯照例先来到了李婉洁的楼层，电梯门打开，里面没有人，李婉洁很自然地走了进去，电梯门关闭，在楼下又停了一次，这次李宝瑟走进了电梯。

“早上好啊。”李婉洁开心地打着招呼。

“早上——”

李宝瑟话还没说完，突然，电梯“哐当”一声，在伴随着剧烈抖动的同时，电梯里的灯也暗了下来。

不过这抖动没有持续多久，最多也就几秒钟的样子，在短暂的慌乱之后，两人意识到电梯出故障了。因为光线消失而瞬间袭来的黑暗却并没有让他们惊慌，他们都知道自己并不是一个人。但正因为两人都这样想着，这样的想法反而令他们羞涩了起来，两人的脸几乎同时染上了红色。

“要跟他/她同处一室了吗，这下该怎么办才好？”两人几乎同时这么想着。

这时候李宝瑟故作镇定地站了出来：“你不要怕，这电梯有应急按钮的，按下去应该就会有工作人员来救我们了。”

平日里大大咧咧、活力满满的李婉洁这时候也不说话了，反而一副小女人姿态给足了李宝瑟表现的空间，她只是细弱蚊蝇地答了一声“嗯”后，就再也没有了动作。

李宝瑟站在按楼层的镶板前，很冷静地说道：“你看，只要这样按下去之后，就会接通保安室，他们就会来救我们的。”

“咦。”虽然李宝瑟按了很多下应急按钮，可是却完全没有反应，“明明通着电的啊，怎么会没反应呢？”

“电梯里的灯都不亮了，你确定那东西还有电吗？”

“很明显啊，整块镶板都还亮着的，应急按钮的电源线路应该是另外一条吧，要不然出现了紧急情况怎么沟通啊。”

“你说的也蛮有道理的。”李婉洁赞同地点了点头，就没有再说话了，看着李宝瑟在那个不管怎么拨弄都没有任何反应的应急按钮前满头大汗地尝试了很久。

“好像坏掉了。”虽然很不乐意，李宝瑟还是不得不承认这个结果。

“我觉得也应该是这个样子。”

“不过……”

“怎么了？”

“就这样不去上学好吗？”

“这也是没办法的吧。”李宝瑟把交叉着的双手放在了脑后，用力地伸展着身体，“等到时候老师发现我们没去上课，就会给我们父母打电话的，那时候应该就会得救的吧。”

“不过就这么毫无作为地等下去，电梯突然掉下去怎么办？”

李宝瑟环顾了一下黑黢黢的电梯空间，虽然有着李婉洁的陪伴，不过在黑暗的侵蚀之下，人难免会生出恐惧的情绪，经李婉洁这么一说，他反倒真有些害怕了，“应该……不会吧……”

“你的声音在颤抖诶。”李婉洁抿嘴笑了起来，李宝瑟虽然看不见，不过他也能猜想到李婉洁现在是怎样的一个可爱模样，也因此变得扭捏了起来。

“要是真的会死的话，你怕吗？”

“不怕啊。”

“为什么？”

“因为有你陪我啊。”李婉洁的眼睛笑成了一弯月牙，在黑暗中由于缺少太阳的反射，李宝瑟并没有看见。

“都这时候了还在开玩笑，我是说真的。”

“我也是说真的啊。”

两人在黑暗中凭着感觉对视，虽然不能够很清楚地看到对方，不过能够从对方的眼中感受到那份信任与支持的力量。

“我们不会死的。”李宝瑟突然严肃地说道。

“才多少岁啊，你就天天想到死啊死的。”

“这还不是你先提出来的。”李宝瑟埋怨。

李婉洁“诶”了一声，“是我吗？我忘了，我明明记得是你。”

“你还真是会胡搅蛮缠啊。”

“谢谢夸奖。”

两人摸黑相视了一眼，同时放声大笑起来。

“怎么了？”李宝瑟背靠着冰冷的钢铁，慢慢地蹲了下来。

“你觉得我这个人怎么样呢？”

刚刚蹲下来的李宝瑟一下子就弹了起来，怎么回事，她为什么会问这个问题？

“很好啊。”

“是嘛……”

仅仅只是很好的程度啊，李婉洁莫名地感觉到有些失望。

“其实……也不仅仅是很好那种程度啦。”李宝瑟觉得自己回答得有些不够精确。

李婉洁追问道：“那是什么程度呢？”

“这么好奇地追问下去不太好吧？”李宝瑟竟出奇地扭捏起来。

“不是你先说的吗？”

“那倒也是，不过也没说让我一定就要说下去吧。”

“我觉得稍稍说一点可能会比较好。”

空气中传来了关节的响动声音，李宝瑟咽了一口唾沫，这时候他想起来了，有一次自己跟她聊天的时候，她好像说起过前一天在道馆训练的事。

“其实吧……暴力是解决不了问题的。”

“我也没想用暴力解决问题。”

虽然现在看不清楚，可是李宝瑟依稀能够猜到，李婉洁现在肯定眯着眼睛，一脸嘲弄地看着自己。

“我对你算是很有好感的吧。”

说完李宝瑟就双手抱头，防御着接下来如山崩般袭来的攻势，可是预想中的事情却并没有发生。

“咦……是嘛……”

“你这么说，让我有些难为情呢。”

也亏得李婉洁这种性格才能够这么直率地说出这句话，不过这在李宝瑟听起来却没有丝毫的违和感。

“你呢……你是怎么看我的呢？”

李宝瑟迫不及待地想知道李婉洁对自己的看法。

“要是说的话，应该跟你对我的感觉差不多吧。”

“你对我也有这么强的好感吗？”

“喂，现在好感说不上啦，不讨厌而已，不讨厌。”

“好吧，好吧，不讨厌。”李宝瑟轻笑出了声，“不过像这样还真是好呢。”

“被困在电梯里还好啊，你的心也太大了吧。”

“我好像就没有跟你这么面对面长时间聊过天吧？”李宝瑟声音突然沉了下来，“说起来我们也算是朋友吧，可我们就连双休日都没有一起出去玩过，只在每天早上打个招呼。”

“你这么说的话，好像是的。”

两人突然沉默了下来，在黑暗的空间中，毫无响动本身就是一件很恐怖的事情。

李宝瑟想打破弥漫在两人之间尴尬的沉默，于是随便问了个问题，“不过，跟我聊天真的很有趣吗？”

李婉洁似乎被李宝瑟的这个问题打乱了手脚，先是“咦”了一声，然后问道：“你为什么会这样问啊？”

“在学校里，除了我的同桌以外，我就基本上没有朋友了，我觉得我还是挺幽默的，是吧？”虽然是随便发问，可是李宝瑟的回答却非常认真。

“是挺幽默的，每次看到你的脸，我都想笑呢。”

“说正事呢。其实我初二的时候有一个网友，一开始我们还能够很愉快地交谈，可是当我快读初三的时候，她就突然消失了。我真的有那么无趣吗？谁都想远离我。”

“没有的事吧，”李婉洁拍了拍李宝瑟的肩膀，“你是一个很有趣的人哦。”

“本来就没几个人愿意跟我说话，初三之后愿意跟我交流的人就更少了。很多事情根本就不方便跟父母说，我的压力也很大啊。”

首次吐露出自己的心声，可是李宝瑟却没有感到任何的尴尬，这个每天最多见3分钟的好友，已经成为了他的好朋友。

“我其实很喜欢像你这样的人哦。”

“谢谢你。”

“我是说真的。”李婉洁再次强调。

“我也是说真的，谢谢你。”

他是这个意思吗？还是我想多了？

就在这个时候，电梯再次剧烈地抖动了一下，电梯内的灯光亮了起来，电梯恢复了运作。

想借电梯停电逃离学校的计划“流产”了，而且到时候应该也不会有人相信这电梯恰好就在上课的时候发生了故障吧。

“不好，马上快上课了。”李宝瑟一看手表，一脸的惊慌。

“明天再见啦，加油！”

在电梯门打开的瞬间，李婉洁依旧像往常一样活力满满。

“嗯，再见。”

搬家

“婉洁，你回来啦。”

“嗯。”李婉洁刚一回到家就听见了母亲的迎接声，声音之中有着难以掩其兴奋的颤抖。

“你应该知道了吧，你爸爸又要升官了。”母亲说出的话十分的自豪，本来这也是令李婉洁十分自豪的一件事，可是不知道为什么她就是对其提不起兴趣，甚至还有些反感。

“嗯，知道啦。”

“对了，你早点准备一下，初一上完之后就要搬去其他地方住了，你学校的问题还真是让你爸爸为难了好一阵子呢。”

李婉洁猛地一惊，什么？又要搬家了？那不是说……

虽然心中满是不满与震颤，可是李婉洁却丝毫没有表现出来，冷声道：“知道了，没什么其他的事了吧？”

“没什么大事了，对了，今天晚上我们出去吃饭，给你爸爸庆祝一下。”

“好的。”

李婉洁脚下的速度越来越快，最后几乎是小跑着到了自己房间，然后关上了房门。

“这孩子今天是怎么了……”母亲不解地自语了一句，不过很快就又陷入了升职所带来的无尽喜悦当中。

将母亲的嘟囔关在了房门之外，李婉洁背靠房门缓缓地跌坐在了地上。她双手抱膝，脑袋深深地埋进了胸前。

自己又要搬家了，这意味着以后再也不能跟他见面了。虽然还有QQ联系着……对了，QQ。

想到这里，李婉洁立马站了起来，跑到电脑面前，轻车熟路地点开了聊天框。

“在吗？我想跟你说个事。”

李婉洁心情激动地打下了这一排字，她还是第一次下定了这么大的决心。对面的回复也非常地快。

“在啊，怎么了？”

“我要搬家了。”

等了好一会儿，李婉洁才等到了李宝瑟的回答。

“搬家？挺好的啊。”

李宝瑟的回答不亚于一道晴天霹雳，将她满心的温热化为了冰碴。

“挺好的……吗？”

“是啊，肯定是更好的地方吧？先恭喜你了。”

虽然不知道他的语气，可是她也能猜得出来，对面是在真诚地祝福他。原来他说的“谢谢你”是这个意思，李婉洁觉得自己好像明白了些什么。

“谢谢你的祝福了。”

“不用谢，还有什么事吗？我要去学习了。”

“没什么了，谢谢你。”

李婉洁无力地关掉了对话框，全身像是被抽掉了脊梁骨一样瘫软在椅子上。

“不高兴吗？”

今天走进电梯的时候，李宝瑟没有听到那习惯的招呼声，他有些担心地询问着。

“还好吧……你……”

“怎么了？”

李婉洁现在特别想当面质问李宝瑟到底是怎么一回事，但是最后理智还是制止了她，“没事……你昨天休息得怎么样？”

“休息得很好啊。”李宝瑟神色轻松地回答道。

果然……原来他根本就不在意啊，看来是我自作多情了。

“那就好……那就好。”李婉洁不自觉地重复了很多遍，连她自己都没有察觉到自己变得奇怪了起来。

电梯门跟往常一样，毫无故障地打开了。

李婉洁还是率先一步踏出了电梯，迎着楼道射进来的清晨的日光，她转过了头，头发因为没能跟上转头的速度而旋转飞舞着。

“今天也要加油哦，再见。”

“再见。”李宝瑟依旧在她身后，浅浅地回应着。

告别

李婉洁站在自己的家门口，先深深地吸了一口气，然后双手握拳，对自己点了一个头。

她鼓起了莫大的勇气，从楼梯下到了李宝瑟家里所在的楼层。虽然不知道李宝瑟具体住的是哪一户，不过这一层的住户并不多，一家一家地试，也要不了多久。

房门打开，映入眼帘的果然是李宝瑟那张清秀的脸，不过他半眯着眼睛，好像没有睡醒一样。

“有事吗？”李宝瑟问得很轻松，不过这反倒让李婉洁更加紧张了。她从来没有过这般小女人姿态，如果电梯断电的那一次不算的话。

“那个……我明天就要搬家了，今天想跟你来说一声。”

李婉洁还是选择把这件事再跟李宝瑟说一次，她想要亲耳听到李宝瑟的答复。

“什么，你会不会是找错人了？”

李宝瑟没有正视她的问题，这样的回答反而让李婉洁更加手足无措。他这是什么意思，在跟我装傻吗？

“我没有找错人，你不会是生我气了吧？难道就因为前一段时间我对你的态度不好吗？其实那也是有原因的。”李婉洁也有着自己的坚持，她想要坚持到最后一刻。

“同学，现在我百分之百确定，你就是找错人了，因为我从来就没有见过你。”

说完，李宝瑟就强势地想拉上大门，很明显他不想跟李婉洁继续说下去了。可是李婉洁却用双手牢牢地固定住了在关闭途中的大门，不愧是曾经学过武术的，这时候她反倒有些庆幸了。

“我都说了我没见过你，你这么胡搅蛮缠不会是有什么特殊的目的吧？”

这一句话直接击中了李婉洁的软肋，从刚开始得知搬家这个消息，然后得到的是李宝瑟那样的答复，这段时间内一直积攒的怨气就这么爆发了出来，“李宝瑟，你也不用这样吧，就这么装作不认识我，你还算个男人吗！”

李婉洁能够很明显地看出来李宝瑟愣了一下，看来自己的话还是有效果的。

“这位同学，不管你有什么样的委屈，你也不能怪在我身上啊。我是真的不认识你。”

原来，自己再怎么努力他还是这么决绝吗？原来，“谢谢你”真的是这个意思。

“那个……”李宝瑟似乎还想说些什么，不过李婉洁却没有给他说下去的机会，转身的瞬间眼泪好像涌了出来。

自己真是不坚强啊，李婉洁这么想着，一路跑回了自己的房间，在这块唯一属于她的地方躲了起来。接下来，她还要躲去更远的地方。

这么一想，搬家似乎也不是这么难以接受的事情。

真正的魔法

“然后那个女生就这样搬走了，这其中很多事情是那个女生给我留下的一封信里提到的。”李宝瑟脸上带着少有的阴郁。

李思水则慢慢回味着刚才李宝瑟所说的故事，半晌之后他才回过神来，渐渐张开了嘴巴，眼神里充斥着震惊，“你的意思是说你们俩居然错开了一年的时间？”

李宝瑟点头：“不管是为什么星期一我从来都没有见过她，还是为什么她当时没有加我的QQ，这一切我都懂了。”

“我明白你的故事了，可是这故事……”

“你是想说怎么都不应该跟柳青黛联系起来是吗？”李宝瑟笑了笑，掏出了自己的手机，“你看。”

李思水凑上前去，发现功能机上显示着一串数字，看样子像是手机号。

“这是？”李思水喃喃念叨着。

“这是我从李婉洁留给我的信中破解出来的电话号码。”李宝瑟言辞苦闷，“可是当我破解出来的时候，已经是几个月后了，那个时候这个电话已经是空号了。”

“难怪……”

李思水若有所思，他这下终于明白了为什么李宝瑟对于数学会有着如此深的执念。

“这个电话，是柳青黛留给我的，她的电话。”李宝瑟视线如根根利剑，李思水觉得自己的皮肤被刺得生疼，“要不是偶然的话，这背后的人，一定有着其他的目的。”

“你认为以前遇到的事情，都是现在这个魔法师做的吗？”

“那要不然呢？”李宝瑟犀利的一句反问，“我一定要找到他这么做的原因。”

李思水默然，他本以为这起事件只是怪人又犯下的另外一起事件，可是这事件的背后却又牵扯了很久之前的另外一件事。这电话号码是一个巧合吗？这两个人是一个人吗？那能够操纵时间的魔法又到底是怎么一回事？

李思水觉得自己的脑袋，开始疼了。

（本册完）

图书在版编目（CIP）数据

校园正义者联盟 / 楚游尘著. -- 南京 : 江苏凤凰文艺出版社，2018.11
ISBN 978-7-5594-2695-6

Ⅰ. ①校… Ⅱ. ①楚… Ⅲ. ①长篇小说－中国－当代 Ⅳ. ①I247.5

中国版本图书馆CIP数据核字(2018)第182848号

书　　名　校园正义者联盟
作　　者　楚游尘
出　　品　九志天达
责任编辑　姚　丽
策　　划　胡佳莹
责任监制　刘　巍　江伟明
出版发行　江苏凤凰文艺出版社
出版社地址　南京市中央路165号，邮编：210009
出版社网址　http://www.jswenyi.com
印　　刷　北京富达印务有限公司
开　　本　690毫米×980毫米 1/16
字　　数　180千字
印　　张　14
版　　次　2018年11月第1版　2018年11月第1次印刷
标准书号　ISBN 978-7-5594-2695-6
定　　价　34.80元